Vampire Hunter Seshiru

バンパイアハンター世詩流

Hoshino Mirai 星野未来

文芸社

目次

第一章　青い瞳の転校生

――今日は何てどんよりした天気なのかしら……――

朝から世詩流《せしる》は気分が良くなかった。

台風の影響からか、朝から生温かい風とジメジメした空気が世詩流の体にまとわりついた。台風が近づいているというのに学校は休校にはならず、休む予定にしていた世詩流のスケジュールを大幅に狂わせた。

時計を見ると、時間はちょうど八時だった。学校までは歩いて三十分の距離。

――走って行けば八時二十分に間に合うかも……――

世詩流は急いで家を飛び出し、学校へ向かって走り出した。世詩流は、県立高校の一年生だった。白い日傘に白いロングパーカーという、一風変わった世詩流の姿は、道行く人々の目を釘づけにした。釘づけにしたのは、服装だけの理由からではなかった。日傘の下からは、やわらかに波打つ茶色の長い髪と、透き通るような肌の美しい顔。暗雲の切れ間より射し込んだ光を浴び、それはまるで、天使が舞い降りて来たかのような錯覚を感じさせた。

突然、突風が吹いたかと思うと、世詩流の体は強い力で車道へ押し出された。目の前に車が迫って来たが、体が動かなかった。

――もう、ダメ！――

世詩流は目を瞑った。何かが世詩流をやさしく包んだのを感じ、目を開けるとそこはもう歩道であった。ほっと胸を撫で下ろした世詩流は、自分が誰かに抱《だ》き抱《かか》えられているのに気づいた。ゆっくり目を上げると、金色の髪で青い瞳をした美しい少年が目の前にいた。少年は、優しく世詩流を下ろすと、

「こんな天候の日に傘をさして走るなんて、君は何を考えてるんだ！　怪我《けが》をしたくなかったら、傘を閉じて歩くんだね！」

そう言って、早々と人込みの中へ消えて行った。

――そんなこと言われても……――

世詩流は飛ばされないようにしっかり日傘を握り締め、歩いて学校へ向かった。

学校に着いた時には、八時三十分を過ぎていた。ロッカーに日傘とパーカーを押し込み、髪を整え教室へ急いだ。

教室のドアを開けると、朝のホームルームが終わりかけていた。

「優等生の聖君が遅刻をするなんて、珍しいこともあるものだね……」

先生は世詩流を見て少し笑い、早く席に着くようにと指示した。

見慣れたはずの教室なのに、世詩流には何かが違って見えた。そう、昨日まで空席であった世詩流の隣の席に誰かがいた。じっとこちらを見ているその顔には、見覚えがあった。それは、今朝自分を助けてくれた、あの少年だった。

「聖君、転校生のセイン君だ。学級委員の君に、放課後学校案内を頼むとしよう……。セイン君に、いろいろ教えてやってくれたまえ。では、朝のホームルームは終わり！」

先生はそう言うと、教室を出て行った。

世詩流は、今朝のセインの言葉を不快に感じていた。しかし、助けてもらったお礼をまだ言ってなかったことに気づいた。セインの視線は世詩流が席に着くまで続いた。

「今朝は助けてくれてありがとう……」

世詩流はゆっくりセインの顔を見ると話しかけた。すると、セインは世詩流の顔をじっと見つめ、急ににっこり微笑んだ。

「怪我がなくて、本当によかったよ……。でも君って変わってるよなぁ、こんな日に日傘なんかさしてさ……」

セインの言葉に、一瞬世詩流は顔色を変えた。それと同時に、世詩流は教室を出て行った。何が起こったのか飲み込めないセインの席へ、近くにいた女子がやって来た。彼女は桂木里沙《かつらぎりさ》といって、世詩流の中学校からの親友だった。華やかな世詩流とは違い、どちらかといえば、地味で目立たないタイプの女の子だった。

「セイン君、その言葉は禁句なのよ！　世詩流はね、紫外線アレルギーなの。だから曇りの日でも日傘をさしているのよ……。世詩流はそのことをすごく気にしてるから、案外どこかで泣いてたりして。セイン君は知らなかったから仕方ないけど、世詩流を泣かせたりしたら、男子に恨まれるわよ！」

　里沙は、他人事のように言った。

「ふーん!?　聖さんて男子に人気があるんだ……」

「ええ。成績優秀、学級委員で生徒会役員、それにあの容姿でしょう……男子でなくても惚れちゃいそうよ。特にあの人は世詩流のことを溺愛しているのよ……」

　急に里沙は悲しげな表情に変わった。

　授業開始のベルが鳴ったにもかかわらず、世詩流は教室へ戻って来なかった。休み時間になると、何もなかったかのように世詩流は戻って来た。席に座った世詩流の目が少し赤いことにセインは気づいた。そのことに、セインの胸は痛んだ。

「ごめん……僕知らなくて……その……」

「ううん、気にしてないから……」

　世詩流は少し微笑んだ。

　昼休み、急に廊下が騒がしくなり、誰かが〝バン〟と勢いよく教室のドアを開けた。それは、世詩流の幼なじみで生徒会長の高瀬勇《たかせゆう》だった。高瀬は世詩流の姿を確認すると、慌てて世詩流に駆け寄った。

「大丈夫か!?　車にぶつかりそうになったって聞いたけど……怪我はないのか!?」

心配そうな顔で高瀬は世詩流を見た。

「大丈夫よ勇。ほらこの通り！　彼が助けてくれたのよ」

世詩流はセインを指さした。

「誰!?」

「転校生のセイン君よ」

高瀬は自分以外の男子が、世詩流を助けたことにいい気はしなかった。いつもなら世詩流と一緒に登校しているはずだった。しかし、今日に限って用があり、早くに高瀬は学校に登校していた。

「僕の世詩流を助けてくれてありがとう！」

高瀬はセインをにらんだ。そして世詩流の頭を撫でると、

「気をつけるんだよ！」

と言って教室を出て行った。

「相変わらずねえ……高瀬先輩って！」

そう言ったのは里沙だった。里沙は高瀬の行動を呆れていた。

「先輩は世詩流のことが、かわいくて仕方ないのよ」

「そんなことないわよ……勇は私のお兄さんみたいなものよ。少し大げさなところもあるけどね。でも、ほんと心配性なんだから」

世詩流は明るく笑って言った。

――相変わらず恋愛に関してはにぶい……――

その場にいたクラスの生徒は皆そう思った。

セインは生徒会長の高瀬が、里沙の言っていた〝あの人〟だと気づいた。

「世詩流はいいなあ……」

急に里沙が言った。

「何がいいの？」

「だって、あんなに優しい高瀬先輩に大事にされて、ほんと羨ましい……」

里沙は大きく溜め息をついた。

確かに高瀬は優しいいし、世詩流は高瀬が大好きだった。しかし、高瀬に対して兄以上の感情を持つことができなかった。

「早く、彼女を作ればいいのにな……」

世詩流は呟いた。

「何言ってるの！　高瀬先輩は世詩流がいてくれたらそれでいいのよ……。世詩流しか見えていないんだから……」

そう言うと、里沙は俯《うつむ》いた。

午後になってますます風が強まった。午後二時、警報が発令された。生徒達は下校を始めていたが、世詩流には生徒会の書類整理の仕事が残っていた。放って帰るわけにもいかず、世詩流は先生に許可を得た。

カバンを取りに教室へ入ると、誰も残っていないと思っていた教室に転校生のセインがいた。

「セイン君、まだ残っていたの!? 私、これから明日の生徒会会議で使用する書類の整理をしなければならないの……。だから、今日は学校案内ができなくなったの、ごめんなさい。それに警報が出ているから早く帰った方がいいわ」

世詩流は急いでカバンに教科書を詰めた。

「〝君《くん》〟はいらないよ……セインでいいよ。早く帰っても退屈だから、誰もいない校舎を一人で探検でもして、適当に帰るよ……」

そう言うと、セインは教室を出て行った。

窓の外に目を移すと、木が左右に大きく揺れ、台風の接近を感じさせた。シーンと静まりかえった校舎に、風と木の葉のこすれ合う不気味な音だけが響きわたっていた。

急に怖くなった世詩流は、カバンを持って生徒会室へ走った。途中、廊下の曲がり角で誰かとぶつかりそうになり、世詩流は避《よ》けたはずみで転びそうになった。

「おっと！　危ない！」

聞き覚えのある声がしたかと思うと、世詩流は腕を掴《つか》まれた。見ると、それは高瀬だった。

「勇！　……どうしたの？」

「それは僕の台詞《せりふ》だよ。教室に行ってもいないし……捜し回ったんだぞ……。何をチョロチョロしてるんだい？」

「もう！　勇ったら忘れてるのね……。絶対明日まで書類整理を終わらせてって、私に言ったじゃない！　だから生徒会室に急いでいたのよ！」

世詩流は頬をプーッと膨らませた。その表情があまりにもかわいくて、高瀬は笑った。

「ハハハッ。ごめんごめん、すっかり忘れていたよ。僕も手伝うから、機嫌を直してくれよ」

「本当に!?　じゃあ許してあげる……」

二人は生徒会室へ急いだ。

意外にも書類整理に時間がかかった。途中世詩流は里沙の言葉を思い出し、手を止めて高瀬をじっと見つめた。

「どうしたんだい？」

世詩流の視線に気づき、高瀬は世詩流に声をかけた。

「ねえ……勇はどうして彼女を作らないの？」

世詩流は思い切って尋ねた。すると、高瀬は世詩流を見て微笑んだ。

「僕には世詩流がいるからいいんだよ。それに、彼女と世詩流の面倒を見られるほど、僕は器用じゃないからね」

高瀬の言葉を聞いて、世詩流は里沙の言った通りだと感じた。高瀬に対して兄以上の感情を持てない今、高瀬を自分に縛りつけることは、罪なことのように世詩流には思えた。世詩流は、高瀬と少し距離をおこうと考えた。

すべてが終わった時、時刻は四時を過ぎていた。書類整理に二時間もかかったことになる。

「勇、ありがとう……勇がいなかったらもっと時間がかかっていたわ」

「どういたしまして。でも、頼んだのは僕だから、手伝うのは当たり前だよ……。さあ、早く帰ろう！」

高瀬と世詩流が生徒会室を出た直後、高瀬に職員室へ来るようにと校内放送が流れた。

「まいったなあ……きっと文化祭の話だな……。世詩流、すぐに済ませるから下駄箱の所で待っているんだよ」

高瀬はそう言うと、職員室の方向へ歩きだした。その直後、世詩流は高瀬を呼び止めた。

「勇！　私、早く帰りたいからパパに迎えに来てもらうわ……。だから、私のことは気にしないで……」

　世詩流は高瀬に嘘をついた。

「そうか……じゃあ気をつけて帰るんだよ」

「ええ、勇もね……」

　世詩流は、高瀬の後ろ姿が見えなくなったと同時に、下駄箱へ走った。

　下駄箱に着いた途端、世詩流は後悔の念に駆られた。透明のガラス扉の向こうは、まるで別世界だった。風が嵐のように吹き荒れているのを見た世詩流は、無事に家に帰れるかどうか不安になった。いまさら高瀬に嘘だとも言えず、世詩流は途方に暮れた。

　呆然と外を見ていた世詩流は、突然背後に誰かの気配を感じ、咄嗟に振り返った。すると、目の前に転校生のセインが立っていた。

「セイン！　……まだ学校にいたの!?　もうとっくに帰ったと思っていたのに……」

　世詩流は驚いた。

「君を置いては帰れないだろ!?　今朝みたいに風に飛ばされでもしたら大変だから、家まで送るよ」

　セインは優しい目で世詩流を見つめた。セインの意外な言葉に世詩流はホッとした。

「わざわざ待っていてくれたの？　案外優しいのね……ありがとう」

「案外とは心外だなあ……。よほど僕の第一印象が悪かったのかな？」

そう言ってセインは笑った。世詩流がパーカーを着ると、セインは世詩流のカバンと日傘を脇に抱えた。

外に出ると、風は嵐のように吹き荒れていたが、幸い雨はあまり降ってはいなかった。

「走るよ！」

セインは世詩流の手を引き、駆け出した。セインの手は温かく、世詩流には何だか懐かしく思えた。

家に着くと、車庫に父の車が止まっていた。この時間には珍しいことだった。玄関の物音に気づき、世詩流の父と母は慌てて玄関へ急いだ。父と母は、玄関の中に立っている世詩流とセインを見て驚いた。

「心配したじゃない！　警報が出ていたのに……」

母は世詩流に駆け寄った。

「遅くなってごめんなさい。生徒会で必要な書類の整理に時間が掛かってしまって……。紹介するわね。彼は今日転校してきたセイン君。彼が家まで送ってくれたのよ」

「まあ、そうだったの……。セイン君、どうもありがとう」

母はそう言うと、浴室からタオルを持ってきて、セインと世詩流に渡した。

世詩流は髪を拭きながら父の顔色を窺った。すると、父は驚いたようにセインをじっと見ていた。

「セイン君、わざわざ世詩流を送ってくれてすまなかったね……。これから家に帰るのは大変だろうから、少し風がおさまるまでゆっくりしていってくれたまえ」

父は静かな口調で言うと、応接間にセインを案内した。その時、世詩流には父の様子がいつもとは違うように感じられた。

母は世詩流に、コーヒーを持って行くように指示した。応接間に入った世詩流は、父とセインの間に異様な空気が漂っているのを感じた。世詩流が応接間を出た直後、二人は話し始めた。

「セイン君……君が世詩流の前に姿を現したということは、やはり奴らが……」

「はい……十分に気をつけなければ……。誕生日まで必ず僕が守ります……」

「どうか世詩流を……」

そんな父とセインの会話を、世詩流は知る由もなかった。

一時間近く経っても風はおさまりそうになかった。すると、母はセインに夕食を勧めた。夕食時には、父はいつもの父に戻っていた。不思議なことに、父は昔からセインのことを知っているかのように、夕食時の会話は弾んでいた。

「セイン君、今日は泊まっていくといいよ。君と話していると、何だか息子ができたようで私は嬉しいよ……」

父は上機嫌で言った。

「では、遠慮なく泊めさせていただくことにします。僕も、もっとお話しを聞きたいと思っていたところです……」

午後九時、世詩流は疲れていたので先に休むことにした。入浴を済ませ、応接間の横の廊下を通って二階へ行こうとすると、まだ話し声がしていた。その話し声の中に母の声もあった。

世詩流は二階へ上がり、ベッドに横になった。だが、こんな天候のせいか落ち着かなかった。ボーッと天井を眺めていた世詩流は、いつの間にかウトウトと寝入ってしまった。

突然、世詩流は目に違和感を感じ、跳び起きた。うっかりしていたことに気づき、ベッドから下りると鏡の方へ向かった。時計を見ると、時間は十一時を過ぎていた。

窓の外に目を向けると、あんなに荒れていたのが嘘のように静まり返り、雲の切れ間からは月の光が漏れていた。しばらくして切れ間から顔を出した月は、まるで血を吸ったかのように赤く、不気味にあたりを照らしていた。

世詩流は、以前にもこんな月を見たことがあるように思えた。確か、世詩流が生まれた夜も真っ赤な月が出ていたと、父が教えてくれたことがあった。

――こんな夜は、何かが起こりそう――

鏡の前に立った世詩流は、おもむろに指を右目に近づけ、コンタクトレンズを外した。再び鏡に映った世詩流の瞳は、透き通るような青い色をしていた。世詩流は、この右目を見るのが嫌だった。父は色素が薄いのが原因だろうと言っていたが、人に知られるのが嫌で黒のコンタクトをしている自分自身を、世詩流は惨めに感じる時があった。

しかし、世詩流が嫌なのはそれだけではなかった。右の手のひらにある、四センチくらいの火傷《やけど》の跡もそうだった。小さい頃の火傷の跡らしく、まだくっきりと黒く十字の形を残していた。

最近、この火傷の跡が妙に気になっていた。それは、日増しに大きくなっているように感じられた。

世詩流は鏡に映る自分の姿を見つめた。そこには、誰もが羨むほどの美しい自分の姿が映っていた。

——美しくなくてもいい……普通の女の子のように暮らしたい……——

世詩流の瞳から、玉のような涙がこぼれ落ちた。

その様子をドアの隙間から見ていた人物がいた。その人物とは、世詩流の両親との話が済み、入浴後二階に上がって来たセインだった。

突然ドアが開き、セインが部屋に入って来た。世詩流は泣いているところを見られたくはなかったので、急いで手で顔を覆った。

「こっちに来ないで！」

世詩流はセインに叫んだ。しかし、そんな世詩流の言葉を無視して、セインは静かに近づいた。そして、やさしく世詩流を抱き寄せた。

「泣かないで……僕がずっと傍《そば》にいるよ……」

セインは世詩流に囁いた。セインの胸は温かく、なぜか世詩流は安心できた。涙を拭いてセインを見上げると、セインは優しい目で世詩流を見つめていた。

世詩流は、セインの青い瞳に引き込まれそうな感覚を感じた。その途端、セインは世詩流にキスをした。世詩流は何だか気が遠くなるのを感じた。

「おやすみ……僕のかわいい世詩流」

世詩流をベッドへ運んだセインは、やさしく髪を撫でると再びキスをして部屋を出て行った。

朝、目覚めた世詩流は、昨夜セインにキスされたことを、夢の中の出来事だと思っていた。

着替えてキッチンに入ると、すでにセインはイスに座っていた。

「おはよう、世詩流！」

セインは笑顔で世詩流を見た。

「お、おはよう……」

　世詩流は昨夜の夢を思い出し、胸がドキドキした。食事を済ませた世詩流は、いつもより早くセインと家を出て学校へ向かった。早くに家を出たのには理由があった。いつも誘いに来る高瀬と、セインを会わせない為だった。

　登校していた生徒達は、世詩流とセインの二人が仲よく登校する姿を目撃した。世詩流の相手が高瀬ではなかったことを、生徒達は不思議に思った。

　学校に着くと、里沙は不機嫌な顔をして世詩流に詰め寄った。

「ねえ！　どうして今朝は高瀬先輩と一緒じゃないの!?」

　強い口調の里沙に、世詩流はたじろいだ。

「実は、昨日生徒会の用で帰りが遅くなったので、セイン君が家まで送ってくれたの……。でも、風がやみそうになかったから、昨夜は家に泊まってもらったのよ。昨日、セイン君に送ってもらったことも、家に泊まったことも勇は知らないの。……だから、セイン君と早く登校したのよ……」

　世詩流は里沙に説明した。すると、突然里沙は怒りを露わにして、世詩流の頬を平手で打った。

「世詩流！　あなた何を考えてるの？　少しは高瀬先輩の気持ちも考えたら!?　……あなたって無神経すぎるわよ！」

里沙は世詩流をにらむと、教室の方向へ走り去った。世詩流はあんなに怒った里沙を見たのは初めてだった。

昼休み、世詩流は日陰になっている校舎の壁にもたれ、今朝の自分の行動を反省していた。ところが、誰かの気配に顔を上げると、見覚えのある二年の男子三人が近づいて来た。

「またあなた達なの!?」

世詩流は一瞬で気分を害した。

「世詩流ちゃん、あからさまに嫌な顔をしないでくれよ。今朝は保護者の生徒会長さんと一緒じゃなかったけど、喧嘩でもしたのかい？　もしそうなら、次に世詩流ちゃんと付き合うのは、予約済みの僕達のはずなんだが……。そこのところを詳しく話し合いたいものだね」

そう言ったのは、自称世詩流ファンクラブ会長の山下だった。世詩流は、この山下のしつこさにうんざりしていた。

「私に構わないで！　あっちに行ってよ！」

世詩流は山下をにらんだ。

「にらんだ顔もたまらないなあ……。今日こそは、何が何でも僕達に付き合ってもらうからね！」

山下と二人の男子は世詩流を囲んだ。そして、世詩流の手首を掴むと、強引に連れて行こうとした。

「嫌よ！　離して！　痛いじゃない！」

世詩流が掴まれた手を振り解こうと抵抗した途端、二人の男子が世詩流の両脇を抱え込んだ。

——逃げられない……どうしよう……——

助けを呼ぼうにも、世詩流は恐怖で声が出なかった。

「おい！　やめるんだ！　男三人で女の子一人をどうにかしようなんて、見苦しい真似はよすんだな！」

突然、世詩流達の頭上から声が聞こえた。見上げると、三階の窓から身を乗り出しているセインの姿があった。

「世詩流、もう大丈夫だよ！」

セインの言葉に世詩流は頷いた。

「お前は……今朝、世詩流ちゃんと一緒に登校していた一年の転校生だな!?　三階にいるお前に何ができるって言うんだ！　高みの見物でもしているんだな！　フン！」

山下は鼻で笑うと、二人の男子に世詩流を連れて行くよう合図した。

「さあ……それはどうかな!?」

セインは三階の窓枠に足を掛けた。

「だめ！　やめて！」

世詩流はセインに向かって叫んだ。するとセインは微笑み、窓枠から勢いよく飛び出した。

世詩流は叫び声を上げ目を瞑った。

「お、お前……嘘だろ……」

山下達の驚愕の声を聞き、世詩流は目を開けることができなかった。世詩流は頭の中で、地面に倒れているセインの姿を想像した。ところが、世詩流の耳にセインの声が聞こえた。

「これでも、何もできないって言うのかい!?　さあ、世詩流は返してもらうよ！」

その声に目を開けると、世詩流の目の前にセインが立っていた。セインは男子達の手を掴み、世詩流から引き離した。そして、世詩流を引き寄せると、男子達をにらみつけた。

「くそ！　お、覚えてろよ！」

山下達は慌てて走り去った。

「大丈夫か!?　怪我しなかった!?　……ほんと何て奴らだ……女の子一人に……」

セインがそう言った直後、世詩流は力が抜けたようにふらついた。

「世詩流！」

セインは咄嗟に世詩流の体を抱き留めた。セインの腕に、世詩流の震えが伝わった。

「バカ！　何て無茶なことをするのよ……」

世詩流の目から涙がこぼれ落ちた。

「お、おい……何も泣かなくても……」

セインは慌てた。

「……何を考えてるの!?　……死んじゃったんじゃないかって思ったじゃない……バカ！」

世詩流は涙が止まらなかった。セインは、泣く世詩流の姿を見て思わず抱き締めた。

しばらくして泣き止んだ世詩流は、セインに抱き締められていることが恥ずかしくなり、急いでセインから離れた。

「ごめんなさい……取り乱してしまって……。あなたはいつも私をハラハラさせて……ほんと、私のこととなると我が身を投げ出してでも守ろうとするから……」

「え!?　僕が何だって？」

セインはじっと世詩流を見つめた。セインに聞かれ、世詩流はハッとした。まるで昔からセインを知っているかのような自分の口振りに、世詩流は驚いた。

——そんなことはあり得ないのに……——

世詩流は、なぜあんな言葉が出たのか自分でも理解できなかった。きっと気が動転していたせいだろうと、自分の中で無理に理由をこじつけた。

「どうかしたのかい!?」

セインは、急に固まったように動かなくなった世詩流に声をかけた。

「え!?　何でもないわ……私の思い違いだから気にしないで……」

世詩流が答えると、セインはなぜか悲しげな表情を見せた。

「ところで、足は大丈夫なの？　病院に行った方がいいんじゃない？」

世詩流は心配で尋ねた。

「大丈夫！　全然平気だよ、ほら！」

セインはその場で何度もジャンプした。

「よかった……でも、もうあんな危ないことはしないでね。それと、助けてくれてありがとう」

世詩流はそう言ってその場を離れた。

――思い違いじゃないよ――

セインは世詩流の姿が見えなくなるまで見つめていた。

放課後の生徒会会議に、高瀬と里沙も出席していた。ところが、今朝のことを怒っているのか、高瀬は目が合っても逸らし、里沙は話しかけても完全無視を貫いた。世詩流にとって、二人の態度は大きなショックだった。

会議が終わると、世詩流は一人で教室へ戻った。すると、セインがイスに座っていた。

「まだ帰らないの？　まさか……足の具合が悪くなって、それで帰れないの!?」

世詩流は、昼休みのことを思い出し慌てた。

「ほんと、君は心配性なんだね。僕は、君を待っていたんだよ……。昼間のバカな連中が、また君に何かしてきたらヤバイからね……。昼間のようなことはよくあるの？」

「ええ、まあね……」

「それじゃあ、なおのこと僕がついていないとね……。送るよ」

セインは微笑んだ。

帰る途中、口数の少ない世詩流をセインは心配していた。

「送ってくれてありがとう」

世詩流が玄関のドアを開けようとした時、突然セインが呼び止めた。

「世詩流！　明日は休みだから、今夜僕とデートしないかい!?　七時に君の家まで迎えに行くよ、じゃあ！」

セインはそう言って、すぐさま走って帰った。

夜の七時、セインは世詩流の家を訪れた。制服とは違うセインの姿に、世詩流は胸が高鳴った。

「君のパパには連絡しといたからね。ゆっくり楽しんでおいでと伝えてくれって……」

セインは世詩流にヘルメットを渡した。

「え!?」

外に出た世詩流は、止めてある大きなバイクを見て驚いた。

——まさか……これに乗るの!?——

世詩流は不安になった。

セインは世詩流を軽々と抱き上げ、バイクの後ろの席へ座らせた。

「しっかり掴まっているんだよ！」

セインはバイクを走らせた。すると、セインにしがみついていた世詩流の体に、何とも言えない心地よい風が当たった。その心地よい感覚に、世詩流の暗く重い気持ちは吹き飛ばされ、何だか心が軽くなったように感じられた。

しばらく走ると海岸通りへ出た。浜辺の駐車場にバイクを止めると、二人は砂浜へ歩いた。打ち寄せる波を見ていた世詩流は、急に足を止めて靴を脱ぎ始めた。その様子にセインは慌てた。

「世詩流、まさか泳ぐつもりじゃないだろうね……!?」

「そんなことしないわよ……だって私、泳げないもの」

世詩流はスカートの裾をたくし上げると、波間にそっと足を入れた。あまりの気持ちよさに、世詩流は思わず波と戯れた。途中、セインの視線に世詩流が振り向くと、セインは微笑んで世詩流を見ていた。

「君には笑顔が一番似合ってるよ……」

セインのその一言で、世詩流は悟った。セインは落ち込んでいた世詩流の為に、デートに誘ってくれたのだった。

「……ありがとう……」

世詩流はセインの優しさに胸が熱くなった。時折射す灯台の明かりが世詩流の姿を照らし、その美しさにセインは胸を高鳴らせた。それと同時に、このまま世詩流を連れ去りたいという衝動に駆られたが、それが何の解決にもならないことをセインはわかっていた。

「……映画でも見に行こうか……」

セインは気持ちを抑えて声をかけた。世詩流はセインの言葉に頷いた。

二人は再びバイクに乗って走り出した。世詩流は無意識のうちにセインに強く抱きついていた。セインはそれを嬉しく感じた。

映画館を出ると、セインはバイクを丘へ走らせた。丘の上には大きな洋館が建っていた。

「君に渡したい物があるんだ……」

セインはそう言ってバイクを降りると、世詩流の手を引いて洋館の入口へと歩いた。

「ようこそ、我が家へ！」

セインは扉を開けた。すると、大きな広間が世詩流の目に飛び込んできた。中に入って広間の中央に立った世詩流は、高い天井を見上げた。天井からは、アンティークと思われる大きなシャンデリアがいくつも下がっていた。

「あなたのご両親は？　まさか、一人で住んでいるの？」

世詩流は尋ねた。

「ああ……両親は外国で暮らしているんだ。今ここに住んでいるのは僕だけだよ」

セインはとりあえずそう答えた。

世詩流はふいに何かの気配を感じ、振り返った。その瞬間、大きな何かが世詩流を押し倒し、体の上を覆いつくした。世詩流はパニックになり、手足をバタバタとさせた。

「こら！　やめるんだ！」

セインの声に、その大きな何かは世詩流の体の上から離れた。離れた瞬間、世詩流は急いで立ち上がり、それが何なのかを確かめた。すると、それは大きな犬だった。

「もう！　び、びっくりしたじゃない……」

突然のことで世詩流の表情は少し引きつっていた。

「クックックッ……。ごめんごめん、こいつのことをすっかり忘れていたよ……。紹介するよ、僕の相棒のシルバーだ。……小さい頃からずっと一緒に育ったんだ」

　セインは世詩流の慌てようを見て、笑って言った。シルバーが世詩流の足元に近づき、鼻をすりつけた。世詩流はシルバーという名前をどこかで聞いたことがあるように思えた。

「シルバーってすてきな名前ね」

「ああ……。昔、僕が大好きだった女の子と一緒に名前をつけたんだ……。毛の色が銀色だから……」

　突然セインの顔から笑顔が消えた。しかし、世詩流はそのことに気づかなかった。

「きっと、かわいい女の子だったのね……」

世詩流の何気ない言葉に、セインは思い詰めたように顔を伏せた。世詩流は、自分がとんでもないことを言ったのではないだろうかと気になった。

「ごめんなさい……私、よけいなことを……」

　世詩流は小さく呟いた。するとセインはゆっくりと口を開いた。

「そんなことないよ……。彼女はとてもかわいい子だったんだ。僕にとって一番大切な人だった……。でも、彼女はもういないよ、死んでしまったからね……」

　世詩流はセインの言葉を聞いて、一瞬言葉を失った。そして罪悪感が世詩流の胸を締めつけ、苦しくなった。悲しそうな表情で遠くを見つめるセインを見ていると、よけいに胸が締めつけられた。

ポタポタと床に落ちる涙に気づき、セインは慌てた。

「世詩流、泣かないで……僕なら心配しなくていいよ。長い時間かかったけど……ぼくはその女の子を見つけたんだ」

セインは、涙を流している世詩流を抱き締めた。泣いている世詩流にとって、セインの言った言葉の意味を考える余裕などなかった。セインは世詩流が落ち着くまで抱き締めていた。

世詩流が落ち着くと、セインは世詩流の手を引いて二階へ上がった。そしてたくさんある部屋の一つに入った。

セインは、部屋の奥にあるチェストから、小さな宝石箱のようなものを取り出し、世詩流の前へ差し出した。世詩流がそれを受け取り蓋を開けると、中に小さな銀の十字架のネックレスが入っていた。セインは、世詩流が持っている宝石箱から十字架を取り出すと、世詩流の首に掛けた。

「君の十字架だよ……それが君を守ってくれるだろう……」

セインはじっと世詩流を見つめた。

「セイン、〝君の十字架〟ってどういう意味なの!?」

世詩流はセインの言葉に疑問を感じて尋ねた。

「べつに意味なんてないよ……ただ、君に持っていてほしいだけなんだ」

セインはそう言って微笑んだ。

ふと、部屋に飾ってある大きな額が世詩流の目に入った。近づいて見ると、それは女の子の肖像画だった。しかし、それはかなり古いもののように見えた。描かれている女の子は十歳くらいで、美しい金髪に透き通るような青い瞳をしていた。

――この女の子が、セインの言っていた女の子かも……――

あり得ないはずだが、世詩流はこの女の子が何だか自分に似ているように思えた。世詩流は気になって、その肖像画にじっと見入った。そんな世詩流の様子を見てセインは声をかけた。

「どうかしたの!?」

「ううん……何でもない……」

世詩流はそう言ってその場を離れた。すると、セインは肖像画に近づき、しばらく見つめていた。その様子を見た世詩流は、肖像画の女の子について聞かない方がいいと考えた。

急にセインは振り向き、世詩流に話しかけた。

「世詩流……君に頼みたいことがあるんだけど……」

「何!?」

「シルバーを少しの間、君の家で預かってもらえないだろうか……。僕一人で面倒を見るのは大変なんだ……」

セインは本当に困っているという顔をして世詩流に言った。

「んー!? そうね、いいわ! パパとママに頼んでみる」

世詩流は、そんなセインの顔を見ると断れなかった。

「ありがとう、ほんと助かるよ!」

セインは嬉しそうに微笑んだ。

いつの間にか、東の空がうっすらと明るくなっていた。

「送るよ。シルバー、お前もおいで!」

セインは、日が昇るまでに世詩流を家へ帰そうと急いだ。

その頃世詩流の家では、父と母がテーブルの上に新聞を広げ、黙って座っていた。新聞の記事には、台風の夜に起こった事件について書かれていた。


——昨夜、女性の変死体が河原で発見された。その女性の体から血が抜き取られたと思われる形跡があり、変質者の犯行と見られ……——


「あなた!」

「ああ……奴らの仕業だろう……。せめて十六歳の誕生日まで、私達が世詩流を守ってやらねば……」

世詩流の両親の心に、不安と恐怖が渦巻いていた。

しばらくして、外でバイクのエンジン音がした。父と母は急いで玄関の外へ出た。

「パパ、ママ、ただいま！」

世詩流は満悦の笑みを父と母に向けた。

「楽しんできたみたいだね……」

父は世詩流の笑顔を見て、すぐにそう感じた。

「うん！　でも、心配じゃあなかった？」

世詩流は父に聞いた。

「心配はしなかったよ。世詩流がセイン君と一緒だったんで、パパ達は安心して眠れたよ……」

父はにこやかに微笑んだ。しかし世詩流には、父と母が無理をしているように思えた。

世詩流は近くにいたシルバーを呼んだ。

「パパ、ママ、しばらくの間、セイン君の犬を預かりたいんだけど……いいかな？」

世詩流は父に聞いた。

「ああ、いいよ。いい友達ができてよかったじゃないか。犬の……うーん!?　何て名前なんだ？」

「シルバーよ！」

「そうか……。では、シルバー君！　世詩流と仲よくしてやっておくれ……」

そう言った父の目は真剣だった。

「すいませんが、しばらくの間お願いします」

セインは世詩流の父に頭を下げた。世詩流とシルバーはセインを見送る為、バイクの所まで一緒に行った。バイクに乗ろうとしたセインが突然振り向き、シルバーに何かを囁いた。

「シルバーに何て言ったの？」

世詩流は気になり、セインに尋ねた。

「ああ、たいしたことじゃない……。僕の世詩流を襲わないようにシルバーに釘を刺していたのさ」

セインは笑いながら答えた。しかし、本当のところは「世詩流を守るんだ」とセインはシルバーに言っていた。

「ところで世詩流……明日から毎日、僕が君を迎えに来るからそのつもりでいてくれ」

そう言うと、セインはバイクに跨《また》がりヘルメットを被《かぶ》った。

「で、でも……急にそんなことを言われても……」

世詩流は驚いてしまった。

「君のパパにはもう話しているよ……じゃあ」

そう言ってセインは帰った。

世詩流は嫌ではなかったし、断る理由もなかった。しかし、このことを高瀬にどう言えばいいのか世詩流は悩んだ。

その夜、セインとのデートの余韻で、世詩流はなかなか寝つけなかった。しかも、それに加えて気になることがあり、世詩流はますます眠れなくなっていった。

世詩流が気になっているのは父のことだった。セインに会ってから父は変わった。今まで、男子からの電話を取り次ぐこともしなかった父が、なぜセインとのデートを許したのか不思議でならなかった。しかも、セインが迎えに来ることを承知したなんて、今までの父からは想像もできないことだった。世詩流は、自分の周りで何かが変化しているように感じた。それと同時に、何かが起こりそうな予感がした。

月曜の朝、チャイムが鳴ったので世詩流が外に出ると、セインはバイクで来ていた。

「うちの学校は、バイク通学は禁止のはずじゃあなかった？」

世詩流は心配になり、セインに尋ねた。

「僕は特別なんだ……。それに、許可をもらっているから大丈夫だよ！　はい、これ！」

そう言って、セインはヘルメットと手袋を世詩流に渡した。しかし、世詩流はどうしようかと迷った。

「大丈夫だよ、ヘルメットにはＵＶのフィルムを貼ってきたからね。さあ！」

世詩流は、セインの心遣いを嬉しく感じた。急いで手袋をはめると、長袖のロングパーカーを着てヘルメットを被った。バイクに乗るのは二度目なので、世詩流には不安はなかった。

「シルバー、おりこうにして待っててね」

足元に来ていたシルバーに声をかけて、世詩流はセインの後ろに乗り学校へ向かった。

一時限の休み時間、一年の生徒は世詩流達の噂をしていた。

「ねえ、今朝の〝あれ〟見た!?」

「ええ、見たわよ！　Ｂ組の転校生のバイクの後ろに乗ってたの、あれ聖さんでしょう?」

「そうよ！　いったい高瀬先輩とどうなってるのかしら……」

「もしかして、別れちゃったとか!?　……じゃあ私、アタックしようかな?」

「ばかねえ……そんなことあるはずないじゃない、あの二人に限って！」

「そうねえ……。でも、あの転校生ってすごくステキだから、彼に乗り換えたんじゃない？　だって、今朝Ａ組の子が、聖さんと転校生が仲よく映画館にいるところを、目撃したって言ってたわよ!?」

「えー!?　うそでしょう!?」

噂は、たちまち学校中に広まった。高瀬の耳に入るのに、そう時間はかからなかった。

高瀬は今日も世詩流にすっぽかされ、朝から不機嫌であった。その上、今朝のことを聞き、高瀬は我慢の限界を越えていた。

昼休み、世詩流が席を外していた時、高瀬が教室にやって来た。

「セイン君……ちょっと……」

高瀬はセインを教室から連れ出した。世詩流が教室に戻ると、セインの姿はなかった。

「ねえ！　セイン君がどこに行ったか知らない!?」

世詩流は近くにいた女子に尋ねた。

「ああ……彼なら、さっき高瀬先輩が怖い顔をして連れて行ったわよ！」

「どこに!?　どうして勇が……」

「さあね、あなたが原因じゃないの!?」

冷たくそう言われ、世詩流は二人のことが気になった。すぐさま、世詩流は学校の中を捜した。すると、二人は体育館の裏にいた。

世詩流が駆けつけた時、高瀬はセインの胸ぐらを掴み、今にも殴りそうな雰囲気だった。

「勇！　何をしているの!?」

世詩流は止めに入ろうとした。

「世詩流！　こっちへ来るんじゃない！」

セインが叫んだ。

「君は、いったいどういうつもりで世詩流に近づいているんだ!?　僕の世詩流に近づくな！」

高瀬はセインに怒鳴った。

「悪いけど、そういうわけにはいかない……僕は世詩流が好きだから、あなたには渡せない！　世詩流は僕のものだ!!」

セインは高瀬に言い返した。すると、高瀬はセインの言葉に激怒した。

「ふざけるな！　きさまになど世詩流を渡すものか!!　……僕は、ずっと世詩流だけを見てきたんだ！　きさまに、この僕の気持ちがわかってたまるか！」

高瀬は怒鳴ると、人が変わったように何度もセインを殴りつけた。すると、セインの口元から血が流れだした。

「勇！　やめてー！」

世詩流は高瀬の前に飛び出した。

「バカ！　来るな！」

セインは叫んだ。

一瞬のことで、高瀬は拳を止めることができなかった。

「痛っ……」

拳は世詩流の頬をかすった。

「お願い……やめて……」

セインにしがみついていた世詩流が顔を上げると、頬からうっすらと血が出ていた。高瀬は
それを見て、やっと我に返った。高瀬は世詩流を傷つけてしまったことにショックを受け、そ
の場に立ち竦《すく》んだ。セインは世詩流の腕を引き、その場から立ち去ろうとした。すると、目の
前に里沙が立っていた。里沙は一部始終を見ていた。

「世詩流、あなたってほんとにひどい人！　こんなことになったのはあなたのせいよ!!」

里沙は世詩流に叫んだ。

「里沙……」

「私はずっと高瀬先輩が好きだったのよ。でも、先輩には世詩流しか見えていなかった……。

そんな先輩の気持ちを踏み躙《にじ》るようなことをするなんて……。私……世詩流なんて大っ嫌い！」

里沙は目に涙を浮かべ、世詩流をにらむと向きを変え駆け出した。

「里沙！　待って！」

世詩流は里沙を呼び止めようとしたが、里沙はそのまま走り去った。

「世詩流、気にするな……」

セインは世詩流の腕を引き、保健室へ向かった。あいにく保健室に医師の姿はなく、セインは手際よく世詩流の手当てをした。その間、世詩流は一言も話さなかった。

「バカだなあ……急に飛び出してくるなんて。これくらいで済んだから良かったものの、ほんと世詩流の行動には驚かされるよ……」

セインは静かに言った。

「ほんと……私ってバカよね。勇を傷つけ、里沙の気持ちにも気づかなかったなんて……。こんなことになったのは、すべて私が悪いのよ……」

世詩流は、大切な物が崩れてゆくのを感じた。

「君のせいじゃないよ……。ただ、みんなの気持ちが、少し噛み合わなくなっただけだよ……」

セインはそう言うと、震える世詩流の肩を抱いた。

教室へ戻った二人の顔を見て、クラスの生徒達はヒソヒソ陰口をたたいた。しかし、そんな陰口も世詩流の耳には入らなかった。世詩流の頭の中は、高瀬と里沙のことでいっぱいだった。

結局その日、里沙は教室へ戻って来なかった。

放課後、世詩流はふとセインの顔を見た。何かが不自然に思えた。家に着いた時、不自然に思えた理由がわかった。それは、殴られてできた紫色のあざや切り傷が、嘘のように消えていたことだった。世詩流は、その理由をセインに聞かずにはいられなかった。

「ねえ……どうして顔の傷が消えているの!?」

世詩流はセインの顔をじっと見つめた。突然の世詩流の言葉に、セインは焦った。

「あっ……ああ……これかい？　僕は特異体質で、人の何十倍も傷が早く治るんだ……」

セインは自分でそう言っておきながら、何て信憑性のない話をしているのだろうかと自分に呆れた。世詩流が素直に信じてくれるかどうか、セインは不安だった。

「ふーん、そうなんだ……」

世詩流はセインの言葉に、何の疑問も持たなかった。

「じゃあ、また明日……」

そう言って帰ろうとしていたセインを、世詩流は呼び止めた。

「ねえ！　どうしてあの時、殴り返さなかったの!?　あんなに勇に殴られたのに……」

世詩流はセインに聞いた。

「それはね……僕が高瀬さんから君を奪ったんだから、殴られて当然だと思ったのさ……。それに、高瀬さんの気持ちが、僕には痛いほどわかるんだ」

セインはそう言うと、バイクに乗り帰って行った。

第二章　疑惑

昼休みの出来事から一週間が過ぎた。あの日以来、里沙は一度も学校へは来なかった。

世詩流は、生徒会会議を体調不良を理由にずっと欠席していたので、高瀬ともあまり出会うことがなかった。

ところがその夜、高瀬が世詩流の家を訪ねた。

「世詩流……あの時はごめんよ。僕はどうかしていたんだ」

「………」

高瀬は黙って下を向いている世詩流の顔を覗き込んだ。

「……傷、治ったんだね……よかった。君に言っておきたいことがあるんだ。君が僕以外の人を好きになったとしても、僕が君を思う気持ちに変わりはないよ……。幼なじみとして今まで通り、君の笑顔を見ていたいんだ……。君のことが大好きだから……」

高瀬の言葉に、世詩流の胸はキュンとなった。

「勇……ごめんね。私、セイン君のことが好きなの。でも勇も大切なの、私にとって勇は特別の人だから……」

世詩流の言葉に、高瀬は嬉しそうに微笑んだ。

「ところで……」

「何？」

「君の横にいて、じっと僕をにらんでいるその犬は何なんだい？」

高瀬は尋ねた。いつの間にかシルバーが世詩流の足元に来ていた。

「シルバーといって、セイン君の犬よ。訳あって家で預かっているのよ」

「ふーん、用心棒ってわけだね。あっ！　忘れるところだったよ……」

高瀬はそう言うと、持っていた書類を世詩流に手渡した。

「ここ一週間分の生徒会の書類だよ。もうすぐ文化祭も近いから、その書類も中に入ってるよ」

「生徒会役員は、何をするの？」

「世詩流は初めてだから知らないと思うけど、生徒会では、毎年恒例の劇をやるんだよ。今年はロミオとジュリエットさ。……ロミオ役は生徒会長の僕がやることになって、ジュリエット役は世詩流に決まったんだ」

「えー!?　私が!?」

世詩流は驚いた。自分がいない間に、そんなことが決まっていたとは思いもしなかった。

「相手が僕では不服かな？」

高瀬は、世詩流の反応を見て言った。

「ううん……そうじゃなくて、私にできるかなと思って。だって自信ないもの……」

「世詩流なら大丈夫だよ……僕もいるしね。ジュリエット役は、生徒会役員全員の指名なんだ。

みんな君のジュリエット姿が見たいのさ、この僕もね……。実はね、僕は劇のどさくさに紛れて、君を襲う計画なんだ！」

高瀬は優しい目で世詩流を見つめた。世詩流は、いつもの高瀬の様子にホッとした。

「では！　生徒会長どの、ご指導をよろしくお願いします！」

「了解！　では僕が手取り足取り教えてあげよう！」

プッ！　ハッハッハ……。久し振りに二人の間に笑い声が戻った。

朝、セインが世詩流の家に着くと、高瀬が外に立っていた。高瀬は真剣な表情でセインに近づいた。それと同時に、バイクの音に気づいた世詩流がドアを開け外に出た。三人はお互いの顔を見合わせた。少しの沈黙後、高瀬は口を開いた。

「セイン君、この前はすまなかった。でも、僕はまだ世詩流を諦めたわけじゃない。これからも、世詩流を見守っていくつもりだよ。もし君が世詩流を泣かすようなことがあれば、僕は世詩流を奪い取るから、覚悟しておくんだね！　でも……まあ取りあえず、今は君に預けておくから、世詩流をよろしく頼むよ。じゃあ！」

高瀬は微笑み、それだけ言うと学校へ向かった。

「彼、いい人だね……」

「だって、私の幼なじみだもの！」

世詩流は、高瀬のセインに対する態度を嬉しく感じた。

校門の所で、世詩流は里沙を見かけた。久し振りに里沙の姿を見て、世詩流は安心した。しかし、世詩流は里沙の様子がいつもとは違うことに気づいた。里沙はまるで世詩流のように日傘をさし、何だか顔色が悪いように見受けられた。

バイクを降り、世詩流とセインは里沙に駆け寄った。

「里沙！」

世詩流の呼びかけに里沙が振り向いた。その顔はあまりにも青白く、世詩流を驚かせた。

「里沙……顔色がとても悪いわよ、大丈夫？」

「平気よ、少し疲れているだけよ……」

里沙は無表情で答えた。突然、世詩流の目に白い何かが映った。里沙の制服の襟元から見える白い物は、明らかに包帯だった。

「首……どうしたの？　大丈夫？」

世詩流は里沙の首をまじまじと見た。すると、里沙は慌てたように襟元を押さえた。

「大丈夫よ……単なる怪我だから……。ただ、昼間出歩くと、とても疲れるのよ」

里沙は世詩流と目を合わさずに答えた。

「この前はごめんね……里沙の気持ちに気づいてあげられなくて……」

「いいのよ！」

里沙は、黙って凝視しているセインの視線に気づくと、すぐに向きを変えて教室の方へ走り去った。セインは走り去る里沙の後ろ姿をじっと見据えていた。すると、セインは急に世詩流の肩を掴んだ。

「里沙には気をつけるんだ！　彼女には絶対近づくんじゃない、いいね！」

今までにないセインの深刻な表情に、世詩流は動揺した。

「どうしてそんなことを言うの!?　里沙は私の友達なのに……。わかるように説明してよ！」

「ごめん……今はまだ言えないけど、僕の言うことを聞いてくれ！　里沙は必ず君に危害を加えてくるはずだ……。これからは、僕の傍を離れるんじゃないよ」

世詩流はセインの言葉に、何かが自分の周りで起こっているのを感じ取った。

この一週間、学校を欠席していたのは里沙だけではなかった。他にも六名欠席者がいた。その六名の中には行方不明の生徒もいた。生きているのか、死んでいるのか、いずれにしても奴らの手にかかったことは間違いないとセインは確信していた。

三時限の休み時間、世詩流とセインは教室の移動の為、渡り廊下を歩いていた。階段に差し掛かった時、誰かが世詩流の背中を強く押した。

——えっ!?——

世詩流の体は一瞬宙に浮いた。階段をころげ落ちる寸前、セインは世詩流を抱き留めた。

「ふう……危なかったな……」

セインはすぐにあたりを見回した。しかしすでに人影はなかった。世詩流は、突然の出来事に言葉が出なかった。朝、セインの言った言葉を思い出し、世詩流の体は震え出した。震える世詩流の体を抱き締めていたセインの目には、怒りの色が濃く映し出された。

その後、世詩流は気分が悪くなり早退した。セインは世詩流を家に送り届けると、シルバーに世詩流のことを頼み、再び学校へ戻った。

セインは校門の所にバイクを止め、里沙が出て来るのを待った。里沙は、セインを無視して前を通り過ぎようとした。

「どういうつもりだ！」

セインは里沙をにらんだ。

「あら、何のことかしら？」

里沙はとぼけた。

「今日、世詩流を階段から突き落とそうとしただろ！　奴らに頼まれたのか⁉」

「奴らって誰のこと⁉　親友の世詩流に、私がそんなことをするはずないじゃない！」

里沙はセインを嘲笑《あざわら》うかのように言った。

「じゃあ、これは何なんだ！」

セインは里沙の腕を掴み、首の包帯に手を掛け下にずらした。

「この傷は奴らにやられたんだな!?　どうなんだ!!」

セインは、里沙の腕を掴んでいる手に力を入れた。

「離してよ！　ただの怪我って言ったじゃない！」

里沙は強い力でセインの手を振り切り、走り去った。セインは、奴らの手が世詩流の身辺にまで及んできたことを感じ取った。

——里沙を何とかしなければ……——

セインは焦った。

十月に入り、生徒会役員は文化祭の準備に忙しく追われていた。世詩流が階段から突き落とされそうになった件以来、里沙の不審な行動は見られなかった。里沙に疑問を抱きながらも、世詩流はできるだけ平静に接していた。ところが、以前と変わらぬ笑顔で接する里沙に対し、世詩流が抱いていた疑問が、自分の勘違いではなかろうかという気持ちに変化しつつあった。

しかし、里沙は世詩流の近くに身を置き、機会を窺っていた。

セインはできる限り世詩流と行動を共にし、生徒会の用がある時などは、つかず離れずの距離を置いて、世詩流を守っていた。そんなセインが、もう一人疑問を抱く人物が現れた。そのことを、世詩流はまだ知らなかった。なぜなら、セインは世詩流にそのことを言えなかったからだ。

ある日の放課後、生徒会役員はそれぞれ用ができ、準備の途中で帰ってしまった。その日は結局、高瀬と世詩流の二人で作業をすることになった。

生徒会室の前の廊下で、セインは世詩流に話すべきか否かを考えていた。生徒会室の中からは、二人の楽しそうな笑い声が聞こえた。その楽しそうな笑い声を聞いていると、セインはますます複雑な心境になっていった。

生徒会室の中では、世詩流がカッターナイフを使い、ダンボールを切っていた。慣れない作業のせいか、世詩流は手元を狂わせた。

「痛っ！　指、切っちゃった……」

世詩流は顔を引きつらせ、切った指を見た。

「どれ？　ああ、これくらいなら大丈夫だよ」

高瀬は血が出ている世詩流の指を口に含んだ。

〃ドックン〃

その瞬間、高瀬の心臓は大きく脈打った。

——何なんだ……？　この感覚は……——

高瀬の体は、金縛りにあったように動けなくなった。高瀬は自分の体の中で、何か得体の知れない物が動き出しているのを感じた。

「勇？　……どうかしたの？」

急に下を向き、固まったように動かなくなった高瀬を不思議に思い、世詩流は高瀬の顔を覗き込んだ。その途端、高瀬は世詩流の体を床に押しつけた。世詩流の目の前に迫った高瀬の顔は、人間の顔ではなかった。見開かれた目はまるで血のように赤く、それは獲物を狙う肉食獣のように世詩流を捕らえていた。高瀬の変貌に、世詩流は恐怖のあまり体が硬直し、言葉を発することができなかった。突然、高瀬は世詩流の首を絞め始めた。間もなく世詩流は意識を失った。その時、世詩流が首に掛けていた十字架のネックレスに、高瀬の手が触れた。

「ギャァー！」

高瀬は悲鳴とともに、床をのたうち回った。

セインは悲鳴を聞き、慌てて生徒会室のドアを開け、中に入った。すると目の前の床に世詩流が倒れていた。

「世詩流！」

セインは床に倒れている世詩流に駆け寄り、体を揺すったが、世詩流は何の反応も示さなかった。

「世詩流！　世詩流！　……高瀬、世詩流に何をしたんだ！　やはりお前も奴らの仲間だったのか!?」

セインは世詩流の首にある絞められた跡に気づいた。世詩流の心臓はかすかに動いていたが、すでに呼吸は止まっていた。

「くそ！　世詩流、死ぬな！」

一刻を争う事態に、セインは祈るような気持ちで人工呼吸を始めた。しかし、世詩流はすぐには息を吹き返さなかった。何度も繰り返すうち、ようやく世詩流は呼吸をし始めたが、まだ意識は戻らなかった。

セインは世詩流を抱き上げると、保健室へ向かった。のたうち回っていた高瀬も気になったが、今は世詩流が早く意識を取り戻してくれることの方が先決だった。

ベッドに世詩流を寝かせると、セインはタオルを水で濡らし、世詩流の首の赤くなっている部分を冷やした。世詩流が意識を取り戻した時、この事態をどう説明したものかとセインは頭を抱えた。

奴らが世詩流の周りの人間に近づくことを、セインは予想していた。周りの人間を調べていくうち、セインは高瀬に疑問を持った。

実は、高瀬は今の両親の子供ではなく、幼ない頃子供のいなかった高瀬家に、養子として引き取られていた。セインは、高瀬がいた孤児院に電話をして、養子になる前の経緯を尋ねた。すると不思議なことに、彼はいつの間にか孤児院にいて、どういう理由でここに来たのか、そして誰が彼をここへ連れて来たのか、一切、誰も知らないというのだった。しかしそんなうまい具合に、世詩流の隣の家に引き取られるとは、よほどの偶然か、それとも奴らが仕組んだのか、セインには不思議に思えた。それに、なぜ高瀬が今まで太陽光に対して平気だったのか、それもわからなかった。その理由が、高瀬の突然の変貌にあるようにセインには思えた。

世詩流の体がピクピク動き出し、世詩流は目を覚ました。

「私……どうしてここにいるの?」

世詩流はキョロキョロ見回した。セインは世詩流の様子を見て、先程のことを覚えていないのではないだろうかと感じた。

「世詩流……君は生徒会室で、貧血を起こして倒れたんだよ。中で何があったのか覚えていないのか?」

セインは、世詩流の記憶を探る為に尋ねた。

「ええ……。カッターナイフで指を切って、その指を勇が口に含んだまでは覚えているんだけど……。きっと、その後に貧血を起こしたのね……」

セインは世詩流の言葉を聞き、高瀬がなぜ急に変貌したのか理由がわかった。高瀬の体は、世詩流の血によって、バンパイアとして覚醒するようになっていたのだった。

世詩流が忘れていることは、セインにとって好都合だった。もし、世詩流が高瀬に首を絞められたことを覚えていたのなら、世詩流が受けるショックは、計り知れないものであっただろう。

「高瀬さんが、とても心配していたよ……。僕がついているからと、先に帰ってもらったんだ」

セインは、世詩流にそう言うしかなかった。セインの言葉を聞いた世詩流は、高瀬に迷惑をかけてしまったことを反省した。しかし、世詩流には納得できないことがあった。貧血を起こしただけのはずなのに、首がまるで絞められた後のように痛かった。世詩流には、セインが何かを隠しているように思えた。

その頃、高瀬はまだ生徒会室にいた。セインが世詩流を運び出してすぐに、高瀬は我に返っていた。

――僕はなぜあんなことをしたんだ……大切な世詩流になんてことを……――

高瀬の目には、自分が世詩流の首を絞めていた時の映像が、はっきりと焼きついていた。どこをどう歩いて帰ったのか、高瀬はいつの間にか家に帰っていた。高瀬は、自分の体が自分のものでないように感じた。

突然、高瀬の意識の中に誰かが割り込んで来た。その誰かは、「殺せ、殺せ」と呟いた。その声は、高瀬に世詩流を殺せと命じていた。

世詩流が貧血を起こした日から三日間、高瀬は学校を休んでいた。風邪で休んでいると聞いていた世詩流は、朝セインが迎えに来る前に高瀬の家を訪ねた。しかし、体調が悪いということで、会ってはもらえなかった。

世詩流はこの数日間、溜め息ばかりついて授業も上の空だった。そんな世詩流の様子を見兼ねて、セインは高瀬の家を訪ねることにした。

夜になり、高瀬はベッドに体を横たえていた。急に誰かの気配を感じ、ベッドから跳び起きると、そこにはセインがいた。

「やあ、元気だったかい？」

セインは高瀬に近づきながら話しかけた。

「き、君はいったい……どこから入って来たんだ⁉」

高瀬は、セインの急な出現に驚きを隠せなかった。

「僕は、どこからでも入ることができるよ。ところで……体の調子はどう？」

「まあ……何とか人間の姿を保っているよ……」

「そうか……。自分の正体に気づいたってわけだ」

セインは高瀬の顔をまじまじと見た。

「僕の正体に気づき、君は僕を殺しに来たのかい?」

高瀬は覚悟を決めたかのように、静かな口調で尋ねた。

「いや……僕は、あなたを殺しに来たんじゃない。そんなことをして、世詩流を悲しませたくはないからね……。世詩流はあなたのことが心配で、何も手につかないんですよ。だから仕方なく、僕があなたの様子を見に来たというわけです。それと、あなたにお願いがあって……。あなたに、僕と一緒に世詩流を守ってほしいのです……」

セインは、真剣な顔で高瀬の目を見つめた。

「と、とんでもない! この前、僕が世詩流の首を絞めたことを、君は知っているはずじゃないのか? なのにどうして……。それに、僕の頭の中で誰かが、『殺せ、殺せ』と命令するんだ。世詩流に会えば、きっと自分を抑えきれずに、この前のように襲ってしまうかもしれない……。そんなことになれば、僕は生きてはいられないよ」

そう言った高瀬の顔は苦悩に満ちていた。

「大丈夫……。あなたに世詩流は殺せない。たとえ世詩流と会って眠っていた血が騒ぎ出したとしても、世詩流を心から大切に思っているあなたなら、必ず自分に打ち勝ってくれるものと、僕は信じていますよ」

「ありがとう……。君にそう言ってもらえると、少しは気持ちが軽くなったように感じるよ。

僕はね、こうなって初めて、君と世詩流の関係に気づいたんだ……。目覚めた血が、僕にそのことを教えてくれたよ。以前、僕が君を殴った時、『世詩流は僕のものだ』と言ったのは、そういう理由からだったとは……ほんと、まいったよ。君は気の遠くなるような年月、世詩流を待っていたんだね」

「ああ……。でも世詩流は、僕のことを覚えていないし、思い出してもいないよ……」

セインは遠くを見つめた。

「明日、必ず学校へ来て、世詩流にあなたの元気な姿を見せてやって下さい。それと、桂木里沙……彼女、奴らに襲われ、世詩流を狙っています……。十分に気をつけて下さい。では、明日また……」

セインは高瀬にそう言うと、どこかへ消え入るように立ち去った。

朝、五日ぶりに学校に来た高瀬は、下駄箱の所で何度も何度も溜め息をついていた。世詩流に対し、どう接しようか考えていた。

世詩流と一緒に下駄箱の所に来たセインの目に、そんな高瀬の姿が映った。セインは、教室へ行こうとしていた世詩流の腕を引いた。

「何!?」

世詩流は驚き、セインを見た。すると、セインは微笑みながらある方向を指さした。世詩流がその方向を見ると、そこには高瀬の姿があった。暗かった世詩流の表情が一転し、笑顔へと変わった。

「勇！」

世詩流は高瀬へ駆け寄った。セインも世詩流の後に続いた。不意をつかれた高瀬は、自分を笑顔で見上げる世詩流に対し、何て声をかければいいのか迷っていた。すると、高瀬の気持ちを察したセインが、話を切り出した。

「おい高瀬！　風邪はもう良くなったのか？」

「ああ、なんとか……。ところでセイン君、高瀬じゃなくて、高瀬さんだろ!?　僕は年上だよ！」

高瀬は顔をピクピク引きつらせて言った。

「まあ、そう堅いことは言わないで……」

セインは笑いながら高瀬を見て言った。

「君って奴は……ほんと……。さあ！　高瀬さんと言ってみろ！」

高瀬はセインに詰め寄った。

「嫌だね！　高瀬は高瀬なんだよ！」

セインの言葉に、高瀬は呆れた表情を見せた。世詩流には、そんな二人の態度が微笑ましく見えた。

「勇……この前、私が貧血を起こしたことで、迷惑をかけてごめんなさい……」

世詩流は高瀬に話しかけた。

「え!? ……貧血?」

高瀬は世詩流の言っている意味がわからず戸惑った。すると、セインが高瀬を肘でつついた。

「あっ……ああ、貧血!? ……そうそう、あの時は本当に心配したよ……」

高瀬は引きつった笑顔で言った。その時、高瀬の耳元でセインが囁いた。

「言い忘れていたけど、世詩流はあの時のことをあまり覚えていないんだよ……。だから、貧血ということにしておいたんだ」

高瀬は、セインの優しさに胸を打たれた。

三人の様子を、里沙は柱の陰からじっと見ていた。里沙の目は、世詩流に対する嫉妬と憎しみに燃えていた。

放課後、劇の稽古が行われた。セインは、高瀬に異変が生じればすぐに対応できるよう、廊下から窓越しに見学していた。高瀬と世詩流のラブシーンで二人の体が接触した時、セインには高瀬の顔がつらそうに見えた。

「ちょっと待った!」

セインは急いで窓枠を乗り越えた。

「おい高瀬！　世詩流とくっつきすぎだ……ほら！　もっと離れて離れて……」

セインは二人の間に強引に割り込み、二人を引き離した。

「おい、大丈夫か？」

セインは小声で高瀬に尋ねた。

「ああ……少しつらいが、がんばるさ」

高瀬は少し笑った。

「さあ、関係者以外は出て行ってもらおう！」

高瀬はわざと大きな声でそう言うと、セインの背中を押して廊下へ出た。

「お前ってほんといい奴だな……」

高瀬はセインに小声で言った。お前こそいい奴だとセインは思った。

劇の稽古が終わると、里沙は高瀬を待って門の外に立っていた。高瀬の姿を見ると、里沙は高瀬に近づき話しかけた。

「なぜ世詩流を殺さないの!?　あなたは私達の仲間なのに……裏切るつもり!?」

高瀬は里沙を見た。里沙の顔は、先程生徒会室で見た時とは異なり、冷淡で不気味な表情に変わっていた。

「僕は君達の仲間ではない！」

高瀬は強い口調で言い、里沙をにらんだ。

「あら、そんな怖い顔でにらまなくてもいいじゃない。あなた達二人は、世詩流を守っているつもりかもしれないけど、そういつも守りきれるわけではないのよ……」

里沙はニヤリと笑った。

「君は、世詩流の親友だったはずじゃないか……。君の心は痛まないのか?」

「ええ、全然痛まないわ! 私は、きれいな世詩流が妬《ねた》ましかった。世詩流は誰からも愛され、いつもみんなの憧れの的だったわ。それに比べて私は……。いつも世詩流に対し劣等感を感じて、みじめに過ごしてきたのよ!」

里沙は目に涙を浮かべ、体を震わせて言った。

「君は世詩流のことを何もわかっていないんだね……。以前、僕のことで世詩流が君の気持ちを傷つけた時、世詩流は泣いていたんだよ……親友の君を傷つけてしまったってね。世詩流は君のことを大切な親友だと、今もそう思っているのに……」

「そんなこと、関係ないわ! 私は世詩流さえいなくなればそれでいいのよ! もうすぐ文化祭ね……フフッ楽しみだわ」

里沙はくるりと向きを変え、走り去った。

その夜、高瀬の家にセインがいた。里沙の言葉が気になり、高瀬がセインを家に呼んでいた。

門の外で里沙に話しかけられたことをセインに話し、今後の対策を話し合った。

「セイン君、里沙は文化祭の日に、仕掛けて来るだろうか⁉」

「ああ、多分そのつもりだろう……」

「なあ、いっそ当日に劇を中止して、その日世詩流を休ますってのはどうかな？」

高瀬の案に、セインは面食らった。

「おいおい……何言ってるんだ。できれば僕もそうして世詩流を守りたいが、そんなことをすれば、世詩流が不審に思うだろうし、ガッカリするよ。僕は、世詩流が十六歳の誕生日までの残された短い時間を、普通の高校生として過ごさせてやりたいんだ」

「そうだな……あと少ししか時間がないんだな……」

セインと高瀬は、今後の世詩流のことを思うと気持ちが沈み、しばらく二人は黙り込んだ。

「なあ、高瀬……」

セインが先に口を開いた。

「何だい？」

「不思議に思っていたんだが、太陽の光を浴びて平気なのか？」

「ああ、そうみたいだね……。長い間眠っていた血が異変を起こしたんじゃないかな？」

「そうか、よかったな！」

高瀬が今まで通りの生活ができることを、セインは喜んだ。

「劇では、君が世詩流の傍にいるから大丈夫だとは思うが、校内では、僕が世詩流と一緒に行動して里沙の動きを見るよ」

「ああ、そうしてくれ。セイン、君と僕とで必ず世詩流を守ろう！」

「ああ……必ず！」

二人は、固く誓った。

第三章　悲劇

文化祭当日、朝から世詩流は機嫌がよかった。この日までたいした事件もなく、里沙に対する疑問もほとんどなくなっていた。それに、世詩流の機嫌がいい一番の理由は、やはり、セインと高瀬と世詩流の三人が、仲よく今日という日を迎えることができたことであった。

準備の為、三人は早く登校した。体育館へ行き、昨日やり残したセットの組み立てを急いだ。

「力仕事だから、世詩流は座っていていいよ！」

高瀬はそう言うと、セインと協力して作業を進めた。世詩流は客席から二人の様子を見て、一人ニコニコ笑っていた。舞台にいる二人は、そんな世詩流の様子に気づき、二人とも首をかしげ作業の手を止めた。

「世詩流、何がそんなに嬉しいんだい!?　さっきからずっとニコニコしているけど……？」

高瀬は客席にいる世詩流に声をかけた。

「ほんと、おかしな奴だよ……朝、迎えに行った時からあの調子なんだ」

セインは呆れたように世詩流を見て笑った。

「もう！　二人とも失礼ね！　私がニコニコしていたらそんなに変なの？　……でも、理由を知りたい？」

「ああ……」

「まあね……」

二人は答えた。

世詩流は、小悪魔的な笑みを浮かべて舞台に近づくと、舞台の下から両手で二人を手招いた。セインと高瀬の二人は、世詩流に近づき、屈んで舞台から身を乗り出した。すると世詩流は、嬉しそうに二人に顔を近づけ、耳元で囁いた。

「あのね……こうして三人仲よくいられるのが嬉しくて、ついついニコニコしてしまったのよ……。私、二人とも大好きよ！」

「え!?」

セインと高瀬は顔を見合わせた。二人は一瞬驚いたような表情をした後、世詩流を見て嬉しそうに微笑んだ。

「僕も大好きだよ！」

高瀬は微笑んで世詩流の頭を撫でた。

「僕は愛してるよ！」

セインは世詩流の頬にキスをした。

「おい！　抜け駆けはなしだよ！」

高瀬は慌てて反対の頬にキスをした。

「高瀬、お前なあ……」

「ふん、先にキスしたのはセイン君だろ！」

二人は作業も忘れ、言い争いを始めた。そんな二人の様子がおかしくて、世詩流はクスクス笑った。

「ねえ、もうあまり時間がないわよ!?」

世詩流の言葉に、二人はピタッと言い争いを止め、作業に戻った。

作業は一時間程度で済み、体育館を出た時には、すでに多数の生徒達が登校していた。その生徒達は慌ただしく、各自の催し物の準備に駆けずり回っていた。

世詩流達は打ち合わせの為、生徒会室へ向かった。生徒会室には、すでに役員のほとんどが集まっていた。高瀬は、要点と注意事項を黒板に書き、三十分くらいで打ち合わせを終えた。

劇の開幕は二時。リハーサル、衣裳への着替え、その他の時間を考え、十一時までは各自自由な時間を過ごせることになった。

世詩流はセインと高瀬を誘い、三人で模擬店を回ることにした。しばらく歩いていると、急に世詩流は走り出し、少し先の店の前で立ち止まった。

「おい高瀬、里沙の姿を見かけたか？」

セインは、世詩流が離れた隙に高瀬に話しかけた。

「いいや……朝の打ち合わせにもいなかったし、いったいどこに行ったのか……」

高瀬は不思議そうに答えた。高瀬が世詩流の方を見ると、世詩流は二人に向かって手招いた。その時、高瀬にはセインが考え事をしているように見えた。

「僕が行ってくるよ！」

高瀬はセインにそう言うと、一人で世詩流の方へ走った。

セインは、何か嫌な予感がした。今頃、里沙は世詩流を殺す為の秘策を練り、準備に取り掛かっているのではないだろうかと、セインには思えた。考え込んでいたセインの目の前に、突然世詩流が顔を出した。世詩流はニコッと笑い、セインの手に何かを手渡した。見ると、それはキーホルダーだった。そのキーホルダーは、小さなかわいい星が横に三個つながっている物だった。

「ねえ！　これかわいいでしょう？　そこで見つけたの」

世詩流の言葉に、セインは高瀬の方を見た。すると、世詩流につけられでもしたのか、高瀬のズボンのベルト通しに、キーホルダーがすでにぶら下がっていた。高瀬は、「やれやれ」という表情でセインを見た。それに対しセインは、「お気の毒さま」という表情で笑った。

世詩流は、笑っているセインの腕を引き寄せ、キーホルダーの星を指さした。

「ねえ……この星、私達みたいでしょう。真ん中の小さな星が私で、両端の二つはセインと勇。いつまでも三人仲よくいたいから、三人お揃いで持とうと思って！」

世詩流は無邪気な笑顔をセインに向けた。世詩流の言葉にセインも同感だった。

時間はあっという間に過ぎ、セインが時計を見ると、ほぼ十一時を指していた。

「高瀬、そろそろ時間だ。僕は、もう一度里沙の姿を捜すよ……世詩流のことは頼んだよ！」

セインは高瀬にそう言うと、今来た道を戻って行った。

「世詩流、時間だよ。生徒会室へ戻ろう！」

世詩流が高瀬の言葉に振り返ると、そこにセインの姿はなかった。

「ねえ……セインは？」

「ああ、彼は少し用ができたと言って行ったよ……。後で生徒会室に顔を出すんじゃないかな？　さあ、僕達も急ごう！」

高瀬は世詩流の手を引き、生徒会室へ向かった。

生徒会室に着いた世詩流と高瀬は、劇で使う小物などが入った箱を、体育館の舞台裏へ運んだ。それが済むと、ひと通り簡単にリハーサルを行い、その後、準備の為全員体育館を出た。

その直後、薄暗い舞台裏の奥で、黒い影がゴソゴソと動き始めた。しかし、誰もそのことには気づかなかった。

生徒会室に戻った世詩流達は、それぞれの衣裳に着替え始めた。高瀬は先に着替えが済み、世詩流が着替え終えるのを、今か今かと胸を高鳴らせて待っていた。実は、高瀬が世詩流の衣裳を着た姿を見るのは、今日が初めてだった。そのことが、なおさら高瀬の胸を高鳴らせた。

女子が着替えをする為に臨時に設けられた場所のカーテンが開き、着替えを終えた世詩流が姿を現した。その瞬間、その場にいた全員の視線が世詩流一人に注がれた。まるで一瞬時間が止まったかのように、全員が世詩流の姿に釘づけとなった。

世詩流は、長い髪を三つ編みにして薄化粧をしていた。胸元が大きく開いた藍色のドレスは、世詩流の透き通るような白い肌を、より艶めかしく見せていた。

「世詩流……きれいだ……」

高瀬は、うっとりした目で世詩流を見た。世詩流は嬉しくなり、もっとよく見てもらおうと高瀬に近づいた。すると、はちきれそうな胸の膨らみと谷間が、高瀬の目に飛び込んできた。

高瀬は赤面し、慌てて目を背けた。

「ちょっと……胸が開きすぎじゃあ……」

高瀬は照れながら言った。

「勇もそう思う!?　何だか恥ずかしくて……」

世詩流も、この胸元が大きく開いたドレスには少し抵抗があった。そんな二人の会話を耳にした衣裳係の女子は、

「あら、そんなことないわよ。聖さん、とてもすてきじゃない……。きっと、男子生徒は悲鳴

を上げて喜ぶでしょうね！　これは男子生徒に対するサービスよ」

とワクワクした様子で言った。

その直後、ドアが開いた。そこにはセインが立っていた。セインは、目の前の世詩流の姿に見入ってしまった。

「きれいだよ……世詩流……」

セインのその言葉が、高瀬の言葉よりも嬉しく世詩流には感じられた。

「そろそろ時間よー！」

誰かが大声で言った。その場にいた者は、それぞれ体育館へ移動を始めた。

「世詩流、がんばれよ！」

セインは声をかけた。

「ええ、客席で見ててね」

世詩流は、長いドレスの裾を踏まないようにスカートを持ち上げ、急いで体育館へ向かった。

高瀬もその後を行こうとした時、セインが呼び止めた。

「高瀬！　世詩流を頼むよ。何が起こるかわからないから、十分に注意するように……。僕は客席で見張っているよ」

「ああ、まかせとけって！」

高瀬はそう言って微笑むと、体育館へ急いだ。セインもその後に続いた。

体育館に着いたセインは、体育館全体を見渡せるように後ろの隅に立った。客席を見渡したが、どこにも里沙の姿はなかった。

舞台の幕が上がり、世詩流が姿を現すと客席からは大きな歓声が沸き起こった。しかし劇が始まると、客席はシーンと静まり返った。観客は世詩流の美しさに見とれ、舞台に引き込まれるように見入った。

ラブシーンでは、口を近づけるだけの予定になっていたにもかかわらず、高瀬は世詩流に熱烈なキスをした。それは、見ている観客の方が照れてしまうほど、長い時間続いた。キスを終えた高瀬は、満足気な顔でセインに向かってVサインを送った。客席は沸き上がり、セインは後で締め上げてやろうと思い、世詩流は予定外の高瀬の行動に驚いた。

劇は後半に差し掛かった。里沙の姿がない今、劇は無事に終わるであろうとセインには思われた。ふと、セインは舞台の袖に目を向けた。そこには、幕の後ろから舞台をじっと見ている里沙の姿があった。セインは何かが起こると直感した。

セインは、里沙から目を離さないように注意しながら、舞台の方へ移動を始めた。すると、急に里沙はニヤリと不気味に笑うと、舞台裏の方へ消えた。セインは不審に思い、すぐさま舞台に目を移した。

舞台では、世詩流が床に倒れている高瀬の手に短剣を握らせ、自分の胸を突く場面だった。世詩流が台詞を言い終え、勢いよく突こうとした瞬間、短剣にライトが反射してキラリと光った。セインはハッとした。

「やめろー！　世詩流ー!!」

セインは大声で叫んだ。しかし、世詩流は勢いをつけていたので、セインの声に気づいたが止めることができなかった。

「あっ……」

世詩流は小さな声を出し、苦しそうな表情をして床に倒れた。高瀬はセインの声に驚き、慌てて体を起こし立ち上がった。すると、床に倒れた世詩流の姿が高瀬の目に映った。高瀬が慌てて世詩流を抱き上げると、世詩流の胸に短剣が刺さり、衣裳が血に染まっていた。

「世詩流！　しっかりするんだ！　幕を下ろせー！　早く救急車を！」

高瀬は叫んだ。すると、客席から相次いで悲鳴が上がった。舞台に駆け上がったセインは、目の前の信じ難い光景に体が震えた。セインは世詩流に駆け寄り、世詩流の名を絶叫した。

すぐに救急車が到着し、セインと高瀬は一緒に乗り込んだ。二人は苦しんでいる世詩流の手をしっかり握り締めた。

「世詩流、がんばれ！　死ぬんじゃない！」

セインは叫んだ。高瀬は、世詩流の手を握り締めたまま言葉も出なかった。

病院に着くと、直ちに世詩流は手術室に運ばれた。セインと高瀬は、呆然とその場に立ち竦んだ。

「里沙だ……」

セインは虚ろな目で呟いた。

「何だって!?」

「里沙を舞台の袖で見かけたんだ……。ニヤリと笑って舞台裏の方へ消えた。里沙が短剣を本物とすり替えたんだ……」

「なんてことだ……くそっ！　世詩流のすぐ近くにいたのに、気づかなかったなんて……」

高瀬は、崩れるように床に座り込んだ。

三時間後、手術室のドアが開き、ストレッチャーに横たわった世詩流が運び出された。セインと高瀬には、待っていた時間が永遠に続く時間のように感じられた。二人の横を運ばれて行く世詩流の顔色は青白く、まだ薬で眠っていた。

病室に運ばれた直後、連絡を受けた世詩流の両親が慌てて病室に駆け込んで来た。母は、青白い顔でベッドに横たわっている世詩流を見ると、パニックをきたした。世詩流の名前を大声で叫び、ベッドの縁で号泣した。

「セイン君……妻と外に出ているから、世詩流の意識が戻ったら知らせておくれ……。頼んだよ」

世詩流の父はそう言うと、泣き崩れる妻の体を支えて病室を出た。

セインはベッドの横のイスに腰を下ろすと、青白い世詩流の寝顔を見つめ、守りきれなかった自分を責めた。

しばらくして、世詩流が麻酔から目覚めた。

「世詩流……よかった……」

セインは、世詩流の手を強く握り締め涙ぐんだ。

「僕は……また君を失うんじゃないかと思ったよ……」

セインの声は震えた。世詩流はそんなセインの姿に胸を痛めた。

「大丈夫よ……大丈夫だから……」

世詩流は、セインの頭をやさしく撫でながら、弱々しい小さな声で言った。

「ごめんよ……君をこんな目に遭わせて……僕がもっと注意していたら……」

セインの言葉に、世詩流は首を左右に振った。

「君が気づいたことを、君の両親と高瀬に知らせてくるよ……」

セインは涙を拭き、病室を出て行った。すぐに高瀬と両親が駆けつけた。高瀬と両親は、世詩流の顔を見てとりあえず安心した。

　つい先程まで、高瀬は警察の事情聴取にあっていた。病院から警察に連絡が行き、刑事が病院に来ていた。警察としては、誰かが意図的に短剣をすり替えたと見て、学校関係者に絞って捜査をするらしい。高瀬は里沙のことを刑事には言わなかった。なぜなら、事情を説明したところで信じてはもらえないだろうし、警察ごときに解決できる問題ではなかったからだ。

「世詩流、先生がおっしゃるには、とりあえず二週間の入院が必要らしい。運よく短剣は肋骨で止まっていたから助かったそうだ……。お前にもしものことがあれば、私達は……」

　父は話しながら涙ぐんだ。

「パパ……ママ……勇……心配かけてごめんなさい……。私なら……大丈夫だから……」

　世詩流は、少し苦しそうな表情で言った。

「世詩流……、まだあまり喋らない方がいいよ。僕達は外に出ているから、少し眠った方がいい……」

　セインはそう言うと、両親と高瀬と一緒に病室を出た。病室を出ると、セインは世詩流の両親に話しかけた。

「お父さん、お母さん……僕は世詩流にすべてを話そうと思います……」

「……そうだね。その方がいいかもしれない。また、いつこのようなことが起こるかもしれないし……。世詩流にも自覚させなければ、守ることができないのかもしれない……」

父はつらそうな表情をして、そして溜め息をついた。

「今は早く傷を治すことだけに専念させて、退院後に話すことにします」

セインの言葉に、世詩流の両親は静かに頷いた。

「奴らは失敗したことに気づき、世詩流に止めを刺しに来るかもしれない……。僕は病院に残り世詩流を守りますから、ご両親と高瀬は、とりあえず家に帰って下さい。何かありましたら、すぐに連絡をします」

「そうだな……ここはセイン君に任せよう……。世詩流を頼んだよ」

そう言って世詩流の両親は帰った。しかし高瀬はまだ残っていた。

「高瀬！　君も帰るんだ！」

セインは強い口調で高瀬に言った。

「僕も残るよ……世詩流を放って帰れないよ」

「いや！　君には、やってもらいたいことがあるんだ。里沙がもし学校に姿を現したら、不審な行動や言動はないか監視して、そして報告してほしい」

セインにそう言われ、高瀬はしぶしぶ帰った。

セインが病室に戻ると、世詩流は眠っていた。世詩流の静かな寝息を聞き、セインは安堵の表情を浮かべた。ふと、窓の外に何かの気配を感じ、セインは窓を開けて見下ろした。するとそこにはシルバーの姿があった。

「やはり来たのか……仕方ない奴だ……。シルバーおいで！」

セインが声をかけると、シルバーは三階の病室の窓に軽々とジャンプして中に入った。病室に入ったシルバーは、眠っている世詩流に近づき、悲しそうな声を出した。

「シルバー、お前も世詩流が心配なのか？　……でも僕がついているから大丈夫だよ。それより、早く家に帰って世詩流のご両親を守るんだ。奴らが襲って来ないとは限らないからね……。頼んだよ！」

セインの言葉を聞き、シルバーは窓から軽々飛び下り、あっという間に姿を消した。

セインは窓を閉め、ベッドの横のイスに腰を下ろした。その時、セインは世詩流の様子が先程とは違うことに気づいた。いつの間にか世詩流の息遣いは荒く変化していた。

「世詩流!?　傷が痛むのか？　苦しいのか？」

セインは心配になり声をかけた。すると、世詩流はゆっくり目を開けた。

「体が熱いの……」

再び世詩流は目を閉じ、苦しそうな息遣いに戻った。セインが世詩流の体に触れると、かなり熱があるように感じられた。手術後、症状が急変したのかと驚き、セインは慌てて看護師を呼んだ。しかし、熱の原因が全身麻酔のせいだと聞き、セインはほっとした。

用意してもらった氷枕を使用すると、世詩流は気持ちよさそうに眠りに就いた。

午後十時。窓の外には不気味なほどの赤い月が出ていた。風に乗って、生臭い血の匂いが微かに漂ってきた。

――来る！――

セインは身構えた。

その直後、大きな音とともに窓ガラスが破壊され、何者かが病室に飛び込んで来た。目は真っ赤に血走り、人間の形相ではなかったが、明らかに行方不明になっていた生徒達だった。バンパイアに変えられた生徒達は世詩流の姿を確認すると、世詩流に飛びかかろうとした。それと同時に世詩流が目を覚ました。世詩流は目の前のバンパイアに恐怖し、大きな悲鳴を上げた。

「世詩流！　目を閉じろ！」

セインは叫んだ。セインの右の手のひらが光り、光り輝く剣が現れた。セインはその剣で、バンパイア達を次々に切り裂いた。切り裂かれたバンパイアは、床に倒れると灰になり、どこかへ吸い込まれるように消えた。すべてのバンパイアを消し去ると、セインは手の中に剣を収めた。

セインは視線を感じ振り返った。すると、世詩流は上半身を起こし、体が硬直したように目を見開いてセインを見ていた。

「セイン……あなたいったい……何者なの……？」

今まで硬直していた世詩流の体が、急に震えだした。世詩流には、目の前で起こった出来事を悪夢としか例えようがなかった。

「あれは人間じゃない！　……あれは何なの!?」

世詩流は、恐怖と疑惑の目をセインに向けた。セインが世詩流に近づくと、世詩流は体を退けた。そんな世詩流の態度にセインは困惑した。

「そんなに恐がらなくてもいいよ……。僕は君に何もしやしない。ただ、僕は君を守りたいだけなんだ……。難しいことかもしれないが、僕を信じてほしい……」

セインは悲しげな表情で世詩流を見つめた。そんなセインの顔を見て、世詩流は胸が痛んだ。しかし、バケモノのような生き物、セインの手から光り輝いて現れた剣、そのどちらも世詩流の常識では理解不可能なことだった。世詩流にとって、大好きなセインの存在さえも、恐怖に感じられるようになった。

世詩流は頭まで布団を被り、その中で小さく震えた。

「具合が悪くなったら、言うんだよ……」

セインはそれだけ言うと、世詩流のベッドから離れ、部屋の隅の床に座り込んだ。

次の日の夕方、高瀬が大きな花束とケーキを持って病院を訪れた。ドアを開け、病室の中に入った高瀬は、すぐに世詩流の様子がおかしいことに気づいた。

世詩流は高瀬に気づくと、緊張がほぐれたかのように少し微笑んだ。世詩流は、朝から熱と吐き気、胸の痛み、そしてセインの存在に悩んでいた。

「世詩流……何かあったのか!?　顔色も悪いし……大丈夫か?」

高瀬は、世詩流に近づきながら話しかけた。高瀬がベッドの横に来ると、世詩流は高瀬の腕を掴んだ。

「勇……お願いだから、ずっとここにいて!　……私、怖いの……」

世詩流のただならぬ様子に、高瀬は何かを感じ取った。

「どうしてそんなに怯えているんだい?　何があったんだ!」

高瀬の問いに、世詩流は黙って下を向いた。高瀬がセインを見ると、セインもまた、下を向いて黙っていた。

高瀬はセインに近づくと、黙ってセインの腕を掴み、そのまま病室の外へ連れ出した。

「セイン君!　いったい何があったんだ!　世詩流のあの怯える様子は普通じゃないよ……。黙ってないで何とか言えよ!」

高瀬はセインに詰め寄った。

「昨夜、奴らが襲ってきたんだ……その時、僕が剣を出したところを見られた……。それ以後、あの調子なんだ。まあ、熱もあって体の具合が悪い上に、あんなことの後だからなおさらかもしれないが……」

高瀬には、セインが精神的にかなりまいっているように見えた。

「そうか……大変だったな。それで世詩流は怯えていたのか……。世詩流は奴らの姿を見たんだろ？」

高瀬の問いに、セインは黙って頷いた。

「じゃあ仕方ないよ。普通の人間なら、奴らにも、君にも恐怖を感じるだろうね……。世詩流は君のことが好きだから、なおさら不安になり、どう接していいのかがわからないんだよ」

高瀬はそう言うと、少し考え込んだ。

「少しの間ここで待っていてくれ」

高瀬はドアを開け病室へ入った。中に入ると、世詩流のベッド横のイスに腰を下ろした。

「世詩流!?　君は彼のことが怖いのか？」

高瀬はベッドで横になっている世詩流に尋ねた。世詩流は何て答えればいいかわからず、黙って横を向いていた。

「世詩流、こっちを見てごらん」

世詩流はゆっくり高瀬を見た。すると、高瀬はいつも通りの優しい目で、世詩流を見つめていた。そして、世詩流に優しい口調で話し始めた。

「セイン君はね、君を守ろうと必死なんだ。僕は、彼のことを信用しているよ……。そうでなければ、大切な世詩流を任せたりするものか。悔しいけど、セイン君ほど君のことを大切に思い、愛している人は他にはいないと思うよ。世詩流……彼のことが好きなら、彼を信頼するんだ」

高瀬の言葉が世詩流の胸に突き刺さった。世詩流は、今までセインに大切にされてきたことや、守られてきたことを思い出し、自分がセインに対してとった態度を恥じた。

「心配かけてごめんなさい。勇の言う通りだわ……ありがとう」

世詩流は、いつもの笑顔で高瀬を見た。

「わかってくれればいいんだよ。……さて、おじゃま虫は消えるとするか。そうそう、世詩流が大好きだったケーキを買ってきたから、彼と二人で仲よく食べるんだよ、じゃあ」

高瀬は世詩流の頭を撫で、病室を出た。ドアの外にいたセインに、

「がんばれよ！」

と肩をポンと叩き、高瀬は階段の方へ歩いて行った。

セインはすぐに病室へ入ることができず、しばらく病室のドアの外に立っていた。

「セイン、そこにいるんでしょう？　……中に入って来て」

世詩流はゆっくり上半身を起こしながら、ドアの外にいるセインに声をかけた。すると、ゆっくりとドアが開き、セインが入って来た。そしてドアの前に立った。

「世詩流……ぼくが怖いかい？」

セインは悲しげな表情で尋ねた。

「ううん……セイン、こっちに来て……」

世詩流に言われ、セインは静かに世詩流に近づいた。

「セイン、ごめんなさい……。あなたを傷つけるつもりはなかったの。あなたのことがこんなに好きなのに……」

世詩流は涙ぐんだ。

「僕は気にしてないよ……君が怖がるのも仕方がないと思っている……。君が退院した時にすべてを話すから、今は自分の体のことだけを考えるんだよ」

セインは世詩流にそう言った直後、高瀬に聞き忘れたことを思い出した。

「世詩流、ちょっと飲み物を買ってくるよ」

セインは急いで高瀬の後を追った。

高瀬は、一階の自動販売機の所にあるイスに座っていた。

「やあ、どうだった？　仲直りできたかい？」

走って来るセインの姿を見て高瀬は言った。

「ありがとう。君のおかげだよ」

セインは高瀬の横に腰を下ろした。

「なあに、僕はたいしたことはしていないよ。世詩流には、いつも笑顔でいてもらいたいだけなんだ」

高瀬はセインに微笑んだ。

「ところで、里沙は学校に来たのか？」

「いいや、文化祭から誰も姿を見てないらしい……」

「そうか……実は、昨夜襲ってきたのは、行方不明になっていた生徒達だったんだ。その中に里沙はいなかった。里沙は世詩流を殺すまであきらめないだろうな……。高瀬、君も気をつけろよ！　愛が殺意に変わる時だってあるんだからな」

「ああ、気をつけるよ。それより早く病室へ戻った方がいい……。世詩流を一人にしては危険だからね。さて、僕はそろそろ帰るよ……。世詩流を頼んだよ、じゃあ」

セインは高瀬を見送った後、ジュースを買って病室へ向かった。病室のドアを開けると、そこにはいつもの世詩流の笑顔があり、セインは安心した。

午後七時、ドアをノックする音が聞こえ、ゆっくりとドアが開いた。そこには、花束を抱えた里沙が立っていた。

「世詩流、調子はどう？」

里沙は心配そうなふりをして世詩流に近づこうとした。すぐさま、セインは里沙を止めた。

「里沙！　よくもぬけぬけと……」

セインは怒りが込み上げ、拳を握り締めた。

「あら、私は世詩流のお見舞いに来ただけよ！」

里沙は薄笑いを浮かべた。その様子に、セインは自分を抑えることができなかった。セインは右手から剣を取り出し、里沙に斬り掛かろうとした。

「やめてー！」

セインの行動に慌てた世詩流が叫んだ。世詩流の声でセインは手元が狂い、剣は里沙の腕をかすっただけに過ぎなかった。

「くそっ！」

セインは、再び斬り掛かろうとしたが思いとどまった。世詩流の目の前で、親友の里沙を殺すわけにもいかなかった。そんなセインの心を見透かしたように、里沙はセインを嘲笑った。

「どうしたの？　世詩流の前では私が斬れないの？　クックックックッ……」

「だまれ！　今日のところは見逃してやる！　今度、世詩流の前に姿を現した時は必ず息の根を止めてやる！　早く出て行け!!」

セインは大声で叫び、里沙をにらんだ。

「今度会う時は、あなたと世詩流が死ぬ時よ！　今、私を殺さなかったことをきっと後悔するわよ……」

里沙はそう言って病室を出て行った。

「セイン、まさか、里沙は……」

「ああ、奴らの仲間だ！　短剣をすり替えたのも里沙だ……」

セインは悔しそうな表情をして言った。世詩流は、短剣をすり替えたのが里沙だと聞いても、自分でも不思議なくらい驚かなかった。世詩流はセインには言わなかったが、いつも里沙の視線を感じていた。やはり、心の中のどこかに、里沙に対する疑問が消えていなかったのだろうと世詩流は思った。何かが自分の周りで起こっていることは、前々からわかっていた。しかし、今までそれを知るすべがなかった。世詩流は、早く退院して、セインの口からすべてを聞きたいと思った。

第四章　愛する人達の死

世詩流の願い通りに、傷は順調に回復していった。二週間の入院期間を経て、今日、退院の日を迎えることとなった。

朝、窓の外がうっすらと明るくなり始めた頃、世詩流は目を覚ました。二週間ぶりに家へ帰れると思うと、世詩流の心は落ち着かなかった。

窓を開けると、さわやかな風が病室の中に流れ込んだ。

——何て気持ちがいいのかしら——

世詩流はしばらく窓際に立って、外の様子を見ていた。すると、セインが風の流れを感じて目を覚ました。セインは起き上がると、窓際に立つ世詩流の後ろに立った。

「世詩流……今日は君にすべてを話すからね」

セインは世詩流を後ろから抱き締めた。世詩流はその時、早くすべてを知りたいと思っていた気持ちが、不安へと変わってゆくのを感じた。

午前九時、世詩流の両親が病室へ迎えに来た。世詩流の両親は、世詩流の元気な姿に思わず涙を流した。お世話になった先生方にお礼を言い、病院を出た。

空は一点の曇りもなく、青空が広がっていた。それは、世詩流の退院を祝うかのようでもあった。世詩流とセインは車の後部座席に座り、車は世詩流の家へと向かった。

家に着き、玄関のドアを開けると、シルバーが世詩流に飛びかかり、世詩流の体にまとわりついた。

「シルバーはね、あなたがいなかったので元気がなかったのよ。よかったわね、シルバー」

母はシルバーの喜ぶ様子を見て言った。

父とセイン、世詩流の三人は応接間へ入り、母は台所へ向かった。ソファーに座ると、父は世詩流に尋ねた。

「世詩流……傷の具合はどうだい？　まだ痛むかい？」

「うん……まだ少し……」

世詩流が答えると、父は何かを考えるように黙り込んだ。しばらく三人の間に、重苦しい沈黙が続いた。そこへ母がコーヒーを持って入って来た。母は三人の前のテーブルにコーヒーを置くと、黙って父の隣に腰を下ろした。父はコーヒーを一口飲むと、静かに話し始めた。

「世詩流……これからパパの話すことを、落ち着いて聞くんだよ」

世詩流は父を見て黙って頷いた。しかし、父の言葉に心臓の鼓動が高鳴り出したのを感じた。

「お前が生まれてしばらく経ったある日、家にセイン君が訪ねて来た……。セイン君は、お前の手の中の十字を指さし、『この子は神の子だ』と、私に言った……」

世詩流はハッとして、自分の右の手のひらを見た。ここ数週間いろんなことがありすぎて、この右手のことは気にも留めていなかった。しかし、右の手のひらを見た瞬間、世詩流は愕然とした。十字の火傷跡が、いつの間にか手のひらいっぱいに大きくなっていた。世詩流は何がどうなっているのかわからず、右手の十字をじっと見つめていた。

「お前には火傷の跡だと言ってきたが、実は違うんだ……。世詩流、お前はその十字を握って生まれてきたんだよ」

世詩流の様子を見ていた父が言った。父の予期せぬ意外な言葉に、世詩流は戸惑いを隠せなかった。父は、世詩流の様子を心配しながらも、再び話し始めた。

「お前は、この世にはびこるバンパイア達を滅ぼす為に、生まれ変わってきたんだよ。たとえお前が誰かの生まれ変わりであっても、私達のかわいい子供であることに違いはない……。お前はパパとママの宝だよ」

世詩流は、父の言葉に鳥肌が立った。

「パパ、バンパイアって……まさか、人の血を吸うっていう、あのバンパイアのこと？　でもそれは空想の話でしょう……？」

「いや、奴らは現実に存在している……。奴らは密かに生き続け、そして確実に仲間を増やしているんだ。世詩流、前世でお前はバンパイアだったんだ……。正確には、バンパイアと人間の間に生まれたバンパイアハーフだと、セイン君は言っていた。お前は、手の中に十字を握り、牙のないバンパイアとして生まれてきたそうだ。十字は神の使いの印……。お前の力を恐れた者がお前を殺し、お前は再び現在に生まれ変わってきたんだ。お前が紫外線アレルギーなのも、そして片目が青いのも、前世の影響なのかもしれない……」

父は、眉間にしわを寄せ下を向いた。

「パパ……何の話をしているの？　私はバンパイアなんかじゃないわ！　私は誰の生まれ変わりでもない……。私はパパとママの子供……ただそれだけよ。……こんなのは嘘よ！　嫌よー！」

世詩流は興奮して叫んだ。体の震えが止まらず、話を聞ける状態ではなかった。

「世詩流！　落ち着くんだ！」

セインは震える世詩流の体を抱き締めた。母も世詩流の様子に取り乱し、このまま話を続けられる状況ではなくなった。

「セイン君、世詩流の体に障るから、部屋へ連れて行って休ませてやってくれ……。話の続きは、世詩流が落ち着いてから君から話してやっておくれ……。私にはつらすぎるよ」

父はそう言うと、頭を抱え込んだ。世詩流の心境を思うと、父の胸は張り裂けそうであった。父は、世詩流を苦しめる運命を呪い、そして静かに泣いた。

セインは世詩流を二階へ連れて行き、ベッドへ寝かせた。心配そうに世詩流を見つめるセインに、

「一人にして……」

と世詩流は呟いた。しかし、セインは世詩流に話しかけた。

「世詩流……。君のつらい気持ちはよくわかるよ。でも、僕は君に真実を話さなければならない……。これは大切な話なんだ」

世詩流は体を起こすと、ベッドに腰を下ろしていたセインに抱きついた。

「少し……このままでいさせて……」

セインは、やさしく世詩流を抱き締めた。

「怖い……怖いの。私、これからどうなるの？」

「大丈夫だよ……この先、何が起ころうとも僕は君の傍を決して離れない。僕が必ず君を守ってみせる……」

二人はしばらくの間抱き合っていた。

「世詩流……話してもいいかい？」

セインの言葉に、世詩流は黙って頷いた。

「今から五百年以上昔のことだ。君と僕は同じ十二月二十五日に生まれたんだ。僕は牧師の子として……君はバンパイアと人間との間の子として……。僕も君と同様に、右手に十字を握って生まれてきた。奴らは、まさか自分達の血族の中に、十字を持つ子供が生まれるとは思ってもいなかったんだろう。焦った奴らは生まれたばかりの君を殺そうとした。しかし、君の母親は奴らのところから逃げ出し、僕の父に君を託すと息を引き取ったんだ……。それから僕と君は十五年間一緒に過ごした。僕はこのまま君との楽しい日々が続くものと思っていた……あの時まではね。君は母親とともに死んだものと奴らは思っていた。しかし、君の十六歳の誕生日が近づくにつれて、君の体の中に流れているバンパイアの血が騒ぎ出したんだ。同じ血を持つ奴らは君が生きていたことに気づき、覚醒する前に君を殺そうとした。誕生日を二日後に控えた日の夜、奴らは襲ってきた。僕が君から離れた一瞬の間だった……。教会の中で君の悲鳴を聞きつけ、慌てて外に出た時には、すでに君は虫の息だった……。あの時、君は『必ず生まれ変わるから、生まれ変わった私を捜して』と言い残し、僕の腕の中で消滅したんだ。その後、僕は覚醒してバンパイアハンターとなり、シルバーとともに奴らと戦ってきた。十六年前、君が生まれ変わったのを感じ、僕は歓喜の声を上げたよ。僕はすぐに君を捜し出し、今日まで見守り続けたんだ。しかし、奴らも君が生まれ変わったことに気づき、再び君を殺そうと狙っている。自分達と同じ力を持つ君は、奴らにとって恐怖の存在だからね……。ましてや、覚醒後の君には奴らが束になろうと歯が立たないから、その前に殺そうというわけさ。僕は二度とあんな悲しい思いはしたくない！　誕生日までの二週間……僕は必ず君を守る！　何も覚えてない君には信じ難いことだろうが、これが真実なんだ……」

話し終えたセインは、世詩流の反応を心配したが、世詩流は泣きも叫びもしなかった。世詩流には、逃れられない運命を受け入れるしかなかった。

「私……疲れたから休みたいの……。一人にして」

世詩流はベッドに横になった。

「わかったよ……じゃあ、シルバーを君の守り役として置いていくよ。シルバー!?」

セインが呼ぶと、シルバーが部屋の中へ入って来た。

「そうそう……君はシルバーを犬だと思っているようだけど、シルバーは狼だよ。シルバー、世詩流を頼んだよ!」

セインはそう言って部屋を出た。シルバーが狼だとわかっても、世詩流には恐怖感はなかった。シルバーはベッドに飛び上がり、世詩流の顔に鼻をこすりつけた。

「シルバー……ごめんね。私、あなたのことも思い出せないのよ……。少し眠るわ」

世詩流は深い眠りについた。

セインが応接間に入ると、高瀬が来ていた。

「やあ、来ていたのか」

セインは声をかけた。

「ああ、世詩流の顔が見たくてね……。ところで世詩流に話したのか?」

高瀬は心配になりセインに尋ねた。

「今、話してきたところだよ……」

「……で、世詩流の様子はどうだった?」

「初めは興奮していたが、今は落ち着いて眠っているはずだよ……。一度にいろんなことを聞かされ、ショックが大きかったんだろう……。しばらく、そっとしておいてやろうと思っているよ」

セインはつらそうな表情でソファーに腰を下ろした。高瀬は、世詩流が目を覚まして一階へ下りて来るまで待つことにした。その後、セインと高瀬と世詩流の両親は、それぞれの思いを胸に抱き、あまり話すことなく時間だけが過ぎていった。

時計の針は八時を指していた。世詩流は、とっくに目を覚ましてはいたが、下の階へ行くことができなかった。両親に対し、どう接すればいいのかわからず悩んでいた。

突然、シルバーが耳をピクピク動かし立ち上がった。シルバーは奴らの気配を感じ取り、世詩流を守る為に身構えた。その様子を見て、世詩流は何かが自分に迫って来るような恐怖を感じた。その直後、下でガラスが割れる大きな音がした。

「シルバーおいで!」

世詩流は急いで階段を駆け下りた。応接間の手前で、父と母の叫び声が聞こえた。父と母の身に何かが起こったと感じた世詩流は、急いで応接間のドアを開けた。すると、凄惨な光景が世詩流の目に飛び込んできた。目の前の光景は、まるでホラー映画の残虐なシーンそのものだった。応接間の床と壁には多量の血が飛び散り、あたりには生臭い匂いが漂っていた。世詩流は、目の前に倒れている母の姿に気づき駆け寄った。

「ママー、しっかりして！」

世詩流は母の体を揺すったが、何の反応もなかった。母は喉を噛み切られ、すでに息絶えていた。

――これは夢よ……きっと、私は夢を見ているのよ……――

突然の出来事に対し、世詩流の脳はそう判断した。しかし、世詩流の両手についた生温かくぬめった血の感触が、これが夢ではなく現実に起こっていることだと世詩流に認識させた。

「世……世詩流……逃げるんだ……」

呆然と床に座り込んでいる世詩流の体に、誰かが触れた。それは、血まみれの姿で床に倒れ、息も絶え絶えの父だった。

「パ……パ……」

「お前だけは……逃げ……」

父は最後まで世詩流の身を案じ、そして息を引き取った。

「世詩流ー！　逃げろー！　早く逃げるんだ！」

セインは叫んだ。セイン達は、斬っても次々と現れるバンパイア達に苦戦していた。

世詩流には、セインの叫び声など耳に入らなかった。その時、すでに世詩流の思考能力は失われていた。父と母が死んだ今、「自分はもうどうなってもいい」という気持ちが世詩流の体を支配し、身動きさえとれない状態だった。

世詩流から少し離れた所に、里沙の姿があった。里沙は真っ赤な目を見開き、世詩流の呆然とした様子を見て、不気味な笑みを浮かべていた。里沙は、手に鋭利なナイフを握り締めていた。

「世詩流、これであなたともお別れよ！」

里沙はナイフを構え、世詩流に向かった。

「世詩流！　避《よ》けろー！」

里沙に気づいた高瀬が叫んだ。しかし世詩流は魂が抜けたように微動だにしなかった。

〝ドン！〟

世詩流は何かが自分の体に当たったのを感じ、ゆっくり目を動かし確かめた。すると、高瀬が世詩流の体を抱き締めたまま、二人は床に倒れていた。

「うっうう……」

高瀬は呻き声を出し、上半身を起こした。

「よかった……君が無事で……」

高瀬は苦しそうに息をしながら世詩流の無事を確かめると、そのまま床に倒れた。

「高瀬ー！」

高瀬が倒れるのを見たセインが叫んだ。床に倒れた衝撃で正気に戻った世詩流は、倒れている高瀬を見た。高瀬の背中に深々と刺さっているナイフが、世詩流の目に映った。

「勇……勇！　ああ、何てこと……死なないで！　嫌よー」

世詩流はパニックになり、高瀬の体を揺すった。しかし、高瀬はピクリともしなかった。

里沙は近づくと、高瀬の背中からナイフを勢いよく引き抜いた。すると、高瀬の背中の傷からおびただしい血が吹き出し、世詩流の体を血で染めた。里沙は、目の前の世詩流にナイフを振り下ろそうと構えた。その瞬間、

「ギャァー！」

と里沙は断末魔の叫び声を上げ、灰になり崩れた。その後ろに、息を切らしたセインが剣を振り下ろし立っていた。

呆然としている世詩流の目の前で、高瀬も灰になり崩れた。

〝ドックン、ドックン……〟

世詩流の心臓の音が高鳴りだした。

「ああぁっー‼」

世詩流は絶望的な声を上げた。その時、世詩流の心臓は最高の心拍数を打ち、高速で血液が体を駆け巡り、世詩流の体は限界を迎えた。

「いやぁー！」

世詩流は絶叫した。その瞬間、世詩流の手のひらの十字から閃光が放たれた。その光は、一瞬ですべてのバンパイア達を消し去った。同時に世詩流は床へ倒れ込んだ。セインは素早く世詩流の体を抱き上げ、急いでその場から立ち去った。

第五章　傷ついた心

セインは、気を失っている世詩流を抱き、シルバーとともに洋館へ戻った。シルバーに見張りをさせ、セインは世詩流を抱いたまま浴室へ向かった。浴室に入ると、血だらけの服を脱がし、世詩流の体についていた血をシャワーで丁寧に洗い流した。そしてセインもシャワーを浴び、血を洗い流した。世詩流にバスローブを着せると、セインは世詩流を抱き抱え、自分の部屋へ向かった。ベッドに世詩流を寝かせ、セインはその傍に腰を下ろし、世詩流の意識が戻るのを静かに待った。

一時間程、時間が経った頃だった。世詩流が静かに目を開いた。

「世詩流、気がついたのか……よかった」

セインは世詩流の顔を覗き込んだ。しかし世詩流は黙ったまま天井を見ていた。

「世詩流!? どうしたんだ……しっかりしろ!」

セインは世詩流の異変に気づき、世詩流の体を何度も揺すった。しかし、世詩流の体は弓のようにしなるだけで、何の反応も示さなかった。

「何てことだ……世詩流、僕だよ! 僕がわからないのか!? ……僕の声が聞こえないのか!」

セインは叫んだ。

今の世詩流には、セインの声は届かず、目の前にいるセインの姿さえ見えていなかった。愛する人達を目の前で失った悲しみに、世詩流の精神は耐えきれなかった。世詩流は生きる屍として、ベッドに横たわっているに過ぎなかった。

セインは、世詩流の姿に絶望感を感じた。しかしそれ以上に、こんな状態に陥るほどの世詩流の心境を考えると、セインの胸は張り裂けそうだった。

世詩流の誕生日まで、あと一週間を切った。あれから毎日、セインは世詩流に話しかけたが、相変わらず世詩流の状態に変化はなかった。世詩流の心は、思い出の中を彷徨《さまよ》っていた。思い出の中で、世詩流は小さな子供に戻り、父と母と楽しくすごしていた。そんな世詩流を、現実へ引き戻すことは不可能に近かった。

その夜、セインは何かの気配を感じ身構えたが、何者も襲ってはこなかった。セインは疲れていたので、自分の気のせいだと思った。

その直後、世詩流の体に異変が起きた。

「うっ……うう……」

今まで何の反応も示さなかった世詩流が、突然声を発した。セインは世詩流が正気を取り戻したと思い、世詩流に駆け寄った。しかし、世詩流は一向に目を覚ます気配がなかった。それどころか、世詩流は額に汗をかきはじめ、まるで悪夢にでもうなされているかのような声を出した。その様子にセインは困惑した。

セインは、窓の外で何かが光ったのを感じ、咄嗟に窓に目を向けた。すると、窓の外から部

屋の中の様子を窺う、赤い二つの目がそこにあった。赤い目の持ち主は、セインがその存在に気づくと、

「ケッケッケッケッ……」

と笑い声を上げ、暗闇の中へ消えた。

――まさか、さっきの奴は夢魔？――

世詩流の様子からして、セインはそう直感した。

バンパイアの中には、特殊な能力を持つ者がいた。その中の一つに、夢を自由に操れる夢魔と呼ばれるバンパイアが存在していた。夢魔は、人間の夢の中に入り込んだり、幻覚を見せたりと、さまざまな手を使って人間を恐怖に追い込み、最後は夢の中でその人間を殺すという謂《い》われがあった。夢の中で殺された人間は、現実でも二度と目が覚めることなく逝く。

――奴ら、まさか夢魔を使って、世詩流を殺そうとしているのか？――

セインは対策を考えた。

一方、世詩流の夢の中では異変が生じていた。先程までの両親との楽しい光景が一変し、暗闇に包まれていた。子供に戻った世詩流は両親を捜していた。しかし、暗闇から得体の知れない恐ろしい何かが迫って来るのを感じ、世詩流は暗闇の中を当てもなく逃げ惑っていた。その時、すでに世詩流の夢の中に、夢魔が入り込んでいた。夢魔は、世詩流の姿を見つけると、逃

げ惑う世詩流に鋭い爪を振り下ろした。鋭い爪は、世詩流の腕の肉を削ぎ落とした。激痛に耐えながら、世詩流はなおも光を求めて走った。

　現実世界では、世詩流が突然悲鳴を上げ、左の二の腕を掴み苦しみだした。それと同時にバスローブに血がにじみだし、セインは慌てて袖をたくし上げた。すると、二の腕に深く長い四つの傷が現れ、傷口から血が流れ出していた。セインは急いでシーツを裂き、傷口を覆いきつく縛った。

　夢の中で世詩流が傷つけられていることを、セインは悟った。しかし、夢の中の出来事がそのまま現実の生身に反映するとは、セインは思いもよらなかった。セインは世詩流の生命の危機を感じ、意を決した。

「シルバー、僕は世詩流の脳への侵入を試みるよ……。もし、僕がうまく世詩流の脳へ侵入できたら、お前は、二十分を経過する前に僕に知らせてくれ。脳に侵入できるのは、体力的に二十分が限界だろう……。限界を越えると、僕も世詩流も現実へは戻って来られない。頼んだよ、シルバー！」

　セインはベッド脇に膝をつき、苦しんでいる世詩流の頭の上へ右手を乗せた。そして、セインは目を閉じ、神経を集中させた。すると、右手が光りだした直後、セインの体は昏睡状態に陥り、世詩流の脳への侵入を開始した。

脳神経に侵入し、夢を司る場所を探した。神経を進むと、少し先に世詩流の気配を感じた。暗闇の中を、何者かが世詩流を追っていた。セインは目を凝らし、それが何者なのか見定めた。それは、真っ黒な体をして、目は赤く輝き、まるで小さな猿のような生き物だった。

——あれが夢魔なのか？——

セインは初めて夢魔を見た。

セインは神経を集中し、暗闇の壁の一部を破壊した。そして、自分の神経を実体化して世詩流の小さな手を掴むと、破壊した壁から光の中へ脱出した。

そこは遊園地だった。セインは、この遊園地に見覚えがあった。世詩流が四歳の誕生日を迎えた日の夜、セインは世詩流の家族と車で出掛けた。その時行った遊園地に、ここはそっくりだった。セインは、世詩流が昔の思い出の中にいることに気づいた。なぜ、世詩流が小さな子供の姿をしているのか、セインは不思議に思っていた。その理由がわかり、セインは納得した。

元の場所に戻ったことを確認した世詩流は、セインの手を振り切り走り出そうとした。しかし、セインは世詩流の手を掴んだ。

「離して！　パパとママのところへ行くの！」

小さな世詩流は、腕の傷の痛みも忘れ、両親に会いたい一心で泣き出した。セインは、そんな世詩流の様子に心が痛んだ。なぜなら、小さな世詩流の言葉が、今の世詩流の心の叫びのように思えたからだった。

「世詩流、僕が誰だかわかるよね⁉」

セインは、小さな世詩流の中に、現在の世詩流の記憶が存在しているのか確かめた。すると、世詩流は大きく頷いた。それを確認したセインは、やさしく世詩流に話しかけた。

「ここは君の夢の中だよ……。君のいるべき場所はここではなく、現実の世界なんだ。さあ僕と帰ろう！」

セインの言葉を聞いた世詩流は、涙を拭きセインを見つめた。セインは小さな世詩流を抱き抱えると、神経を集中させた。

突然、背後に夢魔の気配を感じ、セインは振り返った。すると、夢魔は二人の頭上を軽々と飛び越え、二人の前に立ち塞がった。夢魔は真っ赤な目を見開き、手足を地面につけて歯を剥き出した。

「イギギギギィ……逃がすものか！」

地の底から響いてくるような声を出し、鋭い爪を構え、二人に向かって来た。セインは世詩流を左手でしっかり抱くと、右手から剣を出した。夢魔の攻撃を躱《かわ》し、夢魔の心臓を貫いた。

――やった！――

セインがそう思ったのは一瞬だった。セインが夢魔の体から剣を引き抜くと、傷口はみるみる塞がった。

――夢の中では、奴は不死身なのか……？――

セインは、そろそろ限界を感じていた。

「ウォウォーン……」

時間を知らせるシルバーの声がセインの耳に響いた。

「くそっ！　時間か！」

セインは焦った。セインは、この場をどう切り抜けようかと考えた。すると、夢魔は高く飛び上がり、頭上から攻撃を仕掛けてきた。セインはその攻撃を躱すだけで精一杯になっていた。

――もうダメだ……――

セインが諦めかけた時、急に夢魔の体が金縛りにあったように動かなくなった。セインはその瞬間を見逃さなかった。神経を集中させ、二人は精神となり、その場から脳神経へと飛び出した。飛び出す瞬間、セインは後ろを振り返った。一瞬、夢魔の体を押さえている、世詩流の両親の姿を見たように思えた。

二人は現実の世界へと戻って来た。二人はほぼ同時に目を覚まし、お互いに目が合うと微笑んだ。

「よかった……」

セインはいとおしむように世詩流の頭を撫でた。しかし、喜びも束の間だった。世詩流は、あの惨劇を思い出し体が震えだした。セインはそれに気づき、世詩流の体を抱き締めた。

「僕がついているよ……大丈夫……大丈夫だよ」

セインはそう言いながら、当分の間は世詩流から目を離してはいけないと考えた。

世詩流が落ち着くと、セインは世詩流の傷の手当てに取り掛かった。世詩流の腕に巻いていたシーツを取り、セインは傷を見た。あまりの痛々しさに、セインは目を背けたくなるほどであった。世詩流もそっと傷を見た。その途端、世詩流は気を失った。セインは、世詩流が気を失っている間に傷口を消毒して、手早く包帯を巻いた。世詩流が気を失ったことにより、少ない苦痛で手当てを終えることができた。

その後、セインは世詩流の傍についていた。しかし、世詩流の付き添いと脳への侵入により疲れきっていたセインは、いつの間にか寝入ってしまった。

世詩流は傷の痛みに目が覚めた。窓の外を見ると、すでに太陽が昇っていた。

再び世詩流の脳裏に、あの惨劇の記憶が生々しくよみがえった。血の感触、父の声、高瀬の姿、それが脳裏にこびりついて離れなかった。不安定な精神状態の世詩流は、無意識のうちにベッドから下り、部屋を出て廊下を歩いていた。途中、三階への階段があり、世詩流は夢遊病者のように、その階段を上り始めた。その先にベランダがあった。世詩流は引かれるようにべランダへ出て、そして下を見下ろした。

——ここから落ちれば死ぬのかしら……——

そんな思いが、世詩流の脳裏をかすめた。

高く昇った太陽の光が世詩流の体に当たった。世詩流は焼けつくような痛みを感じた。しかし世詩流の脳は、それを回避することを否定し、世詩流の判断力を奪っていた。

目覚めたセインは、世詩流がいないことに慌てた。二階を捜し、一階を捜した。残るは三階を捜すのみとなった。セインは急いで三階への階段を駆け上がった。すると、ベランダから身を乗り出している世詩流の姿が目に入った。

「世詩流！　何をしているんだ！」

セインはベランダへ飛び出した。急いで世詩流の体を抱え、光の当たらない場所へ駆け込んだ。

「世詩流！　いったい何を考えているんだ！　死ぬつもりか！」

セインは世詩流を下ろし怒鳴った。すると、世詩流は力尽きたように床に腰を下ろし、目からは涙がこぼれ落ちた。

「私のせいよ……私が殺したようなものよ……。あの時の光景が焼きついて……苦しいの、つらいのよ……」

「しっかりしろよ！　君は、また僕を一人残して死ぬって言うのか！　そんなことは許さない！　死んでいった君の両親だって、君が生きていくことを望んでいるんだ！」

セインは言い終わった直後、世詩流の様子がおかしいことに気づいた。世詩流は下を向き、苦しそうな息づかいをしていた。セインが世詩流の体を抱き上げると、世詩流の体は焼けたように熱く、手足や顔が赤くなっていた。

——しまった！　早く気づくべきだった——

動転していたセインは、世詩流が太陽光を浴びていたという事実を見落としていた。

セインは世詩流を抱いて浴室へ駆け込んだ。浴槽に世詩流を下ろすと、蛇口をいっぱいに開け水を出した。そして、冷凍庫からたくさんの氷を取って来て、次々と浴槽へ入れた。すると、世詩流の体から〝ジュッ〟という音とともに湯気が上がった。セインは手早くタオルを濡らすと、そのタオルで氷を包み、すぐさま世詩流の頭や顔を冷やした。その後、頭からシャワーの水をかけ続けた。しばらくすると体温が下がりはじめ、赤みも少し引いてきた。その様子に、セインは胸を撫で下ろした。

一時間程で体温が下がり、顔や手足の赤みも少しを残して消えていた。

セインは、浴槽から世詩流をそっと抱き上げた。濡れたバスローブを脱がし、バスタオルで世詩流の体をくるんだ。その後、世詩流を部屋のベッドへ運んだ。

「世詩流、どうしてあんな無茶なことを……。もう少しで君はまる焦げになるところだったんだ……」

セインは、濡れた世詩流の髪をタオルで拭きながら話した。

「放っておいて……」

世詩流は虚ろな表情で遠くを見つめた。その時、世詩流は体に寒気を感じた。

「寒いのか？」

小刻みに震える世詩流の様子を心配して、セインは世詩流に声をかけた。しかし世詩流は何も答えず、ただ体を震わせていた。

セインは服を脱ぎ捨てると、震えている世詩流の体を抱き締め温めた。

「離して！　触らないでよ……私なんて死ねばいいのよ……。私さえいなかったら、パパもママも勇も殺されることはなかったのよ。私さえいなければ……」

セインの腕の中で、世詩流はとめどなく涙を流した。

「離さないよ……離すものか！」

セインは、壊れてしまいそうな世詩流を見て、何もできない自分が情けなかった。今のセインには、世詩流を抱き締めてやることしかできなかった。

しばらくすると、世詩流の震えは止まった。それと同時に、まるで弱々しい小さな子供のように、世詩流はセインの腕の中で静かに寝入った。

——もう少し行くのが遅ければ、世詩流を失っていたかもしれない——

セインは、自分の腕の中に世詩流がいる喜びをかみしめた。

夕方になり、世詩流は目を覚ました。世詩流は、手足や顔にピリピリと痛みを感じた。平静を取り戻した世詩流は、裸でベッドにいる自分の姿に驚き、今朝のことを思い出した。

——私、何てバカなことをしてしまったの……——

世詩流は自分のとった行動を反省した。部屋にセインの姿はなかったが、世詩流の腕の包帯は取り替えてあった。

ドアが開き、セインが入って来た。セインは世詩流と目が合うと、微笑みながら近づいた。ベッドの横に来ると、世詩流の顔をじっと見た。

「落ち着いたみたいだね……」

そう言うと、セインは世詩流のバスタオルに手を伸ばし、世詩流の体から取ろうとした。

「な、何をするの！」

世詩流は慌ててバスタオルを押さえた。

「ん!? 何もしないよ。ただ、君の体を確かめるだけだよ」

セインはニコニコしながら、世詩流の手をバスタオルから離すと、世詩流の体からゆっくりバスタオルを外した。世詩流は赤面し、下を向いた。その様子を見たセインは、クスッと笑い、世詩流の体を隅から隅まで確かめた。

「よかった……ひどい火傷の状態になっていないか心配したが……。水疱《すいほう》もできていないし、赤くなった程度ですんで本当によかった……」

セインは持って来た火傷の薬を、世詩流の体の赤くなっている箇所に塗り始めた。

「ねえ……セインはどうしてそんなに優しいの？　どうして怒らないの……？」

世詩流はセインに尋ねた。

「あんなことがあったんだ……君がどんなに悲しい思いでいるか、僕にはわかっているつもりだよ。それに、君が今こうして僕の傍にいてくれるんだ……それだけで僕は嬉しいんだ。だから、いまさら怒る必要なんてないよ」

セインは薬を塗りながら、穏やかな口調で答えた。

「ありがとう……」

世詩流は、セインの言葉に胸が熱くなるのを感じた。

薬を塗り終えたセインは、世詩流にバスタオルを返した。世詩流は、バスタオルを体に巻きながらセインに話しかけた。

「私ね……今、眠っていた時、昔の夢を見たのよ……」

「どんな夢を見たんだい？」

「幼い私が、両親と楽しく遊んでいる夢よ。でも、そこにセイン……あなたがいたわ。私、幼い頃、何度もあなたに会っていたのね……。なのに、どうしてあなたのことを忘れていたのかしら……」

世詩流は、セインに対し申し訳ないという気持ちでいっぱいだった。

「君のご両親は、僕が君と接することを快く許してくれたんだ。でも、君が小さな頃だけ、僕は君の前に姿を現していた。その後、決して君の前に姿を現さなかったから、君が忘れてしまっても仕方ないことなんだ……」

「でも、どうして急に私の前に現れなくなったの？」

世詩流はセインを見つめ尋ねた。

「僕はね、ずっと十六歳のままなんだよ。君は大きくなっていくのに、僕だけ年をとらないのは変だからね……。君が疑問に思う前に、僕は君の前から姿を消したのさ」

セインはそう言って微笑むと、世詩流の頭を撫でた。

「セイン……あなたに聞きたいことがあるんだけど……」

「何だい？」

「勇のことを……。なぜ勇は灰になったの？　……まるでバンパイアのように……」

世詩流はそのことが気になっていた。

セインは世詩流を庇《かば》って死んだ高瀬の為に、世詩流にはきちんと真実を語るべきだと思った。

「世詩流……実は、高瀬はバンパイアだったんだ……」

「え!? うそ……」

世詩流はセインの言葉が信じられなかった。あんなに優しかった高瀬がバンパイアだったなんて、何かの間違いだとしか世詩流には思えなかった。驚く世詩流を見て、再びセインは話し始めた。

「本当だよ……今から君に真実を話してあげるよ。高瀬自身、つい最近まで自分がバンパイアだとは知らなかったんだ。以前、文化祭の準備で君が貧血で倒れたことがあっただろ? あれは嘘なんだ……。本当のところは、君の血によって覚醒した高瀬が君の首を絞めたんだ。そのことで高瀬は苦しんでいた。大切な君の首を絞めてしまったんだから無理もないが……。僕はその後、高瀬に一緒に君を守ってくれるよう頼んだんだ。高瀬は本当に凄い男だよ。バンパイアの血を克服する為、想像を絶する苦しみがあったはずなのに、高瀬はいつも君に笑顔でいた。世詩流……高瀬はそれほど君のことを愛していたんだ……。僕も高瀬を失ってつらいよ……」

セインは高瀬のことを思い出し、胸がつぶれる思いだった。

「セイン……話してくれてありがとう……。私、何も知らなかったのね。勇がそれほどまでに私のことを思っていてくれたなんて……。あの優しい勇が死んだなんて信じられない……。心にぽっかり穴が空いたみたいよ……」

　世詩流は高瀬のことを思い胸が痛んだ。

「ねえ……お願いがあるの。私の家へ連れて行って……」

　突然の世詩流の言葉に、セインは驚き慌てた。

「だめだ！　そんな体で……何を言ってるんだ！」

　セインは、あの現場を世詩流に見せるわけにはいかなかった。

「私ならもう大丈夫よ！　連れて行ってくれないのなら、私一人で行くから！」

　世詩流はベッドから下り、ドアへ向かった。

「わかったよ……。連れて行ってあげるから、まず服を着ないとね。そんな恰好で行くつもりだったのかい？」

　セインは、洗っておいた世詩流の服を渡した。世詩流は、自分がバスタオル一枚の姿であったことを思い出して赤面した。

「あ、あっち向いててよ！」

　世詩流は焦りながら着替えを済ませた。その様子がかわいくて、セインはクスクス笑っていた。

「もう！　いつまで笑っているの!?　行くわよ！」

世詩流は、きまりが悪そうな表情をして部屋を出た。

セインと世詩流はバイクに乗り、世詩流の家へと向かった。家が近づくにつれ、世詩流の心中は複雑になっていった。あの出来事が夢であってほしいと願う気持ちがどんどん膨らみ、家に着いた時には、「絶対に夢よ」という気持ちに変わっていた。

ドアを開けると世詩流の思いは脆《もろ》くも崩れ去った。家の中はシーンと静まり返り、人が住んでいるという温かみが全く感じられなかった。

世詩流は中に入り、応接間のドアノブに手を掛けようとした。すると、セインは世詩流の腕を掴んだ。

「見るんじゃない！」

セインは強い口調で世詩流を制止した。しかし、世詩流はセインの手を振り解きドアを開けた。目の前に広がる真っ赤に染まった壁、物が散乱して荒れた部屋のさまが、夢ではなかったことを世詩流に思い知らせた。

——これが現実なんだ——

世詩流の体は脱力し、ふらついた。セインは咄嗟に世詩流の体を受け止めた。

「だから言っただろ……。早く部屋から出るんだ！」

セインは世詩流を連れ出そうと腕を引いた。その時、世詩流は何かを踏んだように感じた。

「ちょっと待って！」

世詩流は振り向き、足元を見た。そこには見覚えのある物が落ちていた。それは、文化祭の日に世詩流が買ったキーホルダーだった。

「これ……勇の……。ずっと持っていてくれたんだ」

世詩流はキーホルダーを拾った。そのキーホルダーは三つあった星の一つが欠けていた。世詩流には、それが高瀬を失った自分達のように見えた。世詩流はキーホルダーをポケットにしまうと、四つん這いになり、欠けた星を捜し始めた。

「世詩流、やめるんだ！」

セインは世詩流の肩を掴んだ。しかし、世詩流は捜し続けた。捜し続ける世詩流の目からは、涙がとめどなく流れ落ちた。

「ないわ……見つからない……。どうしてよー！」

世詩流はその場に泣き崩れた。その姿を見ていたセインは、世詩流にかける言葉が見つからなかった。

捜し続けていた世詩流は、自分の中の何かがざわつき出したのを感じた。それは、世詩流の中に抑圧されていたバンパイアの血だった。突然、世詩流は立ち上がった。

「私……絶対奴らを許さない！　……私から愛する人を奪った奴らを、私のこの手で滅ぼしてやる！」

世詩流は下を向き、握った拳を震わせた。

突然の世詩流の変化を不思議に思い、セインは世詩流の顔を覗き込んだ。すると世詩流の目は真っ赤な色に変わっていた。

世詩流は素早く涙を拭い、驚くセインを横目に通りすぎて一人応接間を出た。そして二階の自分の部屋へ向かった。部屋に入り、クローゼットから大きなカバンを取り出すと、中に着替えを詰め込んだ。最後に、机の上に置いてあったフォトスタンドを、カバンの一番上に入れた。フォトスタンドには、両親と、そして高瀬と一緒に写っている写真が二枚入れてあった。

世詩流は机の引き出しからハサミを取り出し、鏡台の前に立った。

「やっぱり……私は人間じゃないんだ……」

鏡に映った赤い目を見て世詩流は呟いた。わかってはいたが、実際に目の当たりにするとやはりショックだった。

世詩流は、腰まであった長い髪をバッサリと切った。世詩流にとって、それは決意の表れだった。

階段を下りて来た世詩流の姿に、セインは驚いた。

「世詩流……その髪はいったい……」

思わずセインは尋ねた。

「じゃまだから切ったのよ！」

世詩流はさらりと答えた。

人が変わったような世詩流に、セインは少し戸惑った。

第六章　覚醒・破滅の剣《つるぎ》

洋館に帰り着く頃には、世詩流の目は元に戻っていた。

セインは、隣の部屋を使うように世詩流に指示した。部屋に入った世詩流は、カバンからフォトスタンドを取り出し、ベッドの枕元の棚に立てた。世詩流はその写真をしばらく見つめた後、カバンをクローゼット内に置き部屋を出た。セインの部屋に入ると、セインはカバンに何かを詰めている最中だった。

「何をしているの?」

世詩流はセインに近づき尋ねた。

「出掛ける準備だよ。安全な所へ君を連れて行くのさ……。もう少しすればここを出るからね」

セインはカバンに詰めながら答えた。

準備が整うと、セインは世詩流の手を引き一階の広間へ下りた。広間にはシルバーが待っていた。セインは広間の大きな壁の前に立った。セインが壁を押すと、壁の一部が動き、人が通れるくらいの入口が現れた。驚く世詩流の手を引き、セインはその入口へ入った。五メートルほど行くと、白く輝く壁が行く手を遮っていた。それを気にもせず、セインは世詩流の手を引きその壁の中へと入って行った。壁の中は空間が歪んでいた。世詩流は目が回るような感覚に襲われ、思わず座り込んだ。

「大丈夫?」

セインの声で世詩流は顔を上げた。するといつの間にかあの空間を出ていた。世詩流には、ここがどこなのか見当もつかなかった。正面に掛けてある大きな十字架と、上部の窓のステンドグラスが目に映り、ここが教会の中であることだけは確認できた。

教会の中に日が射し込んでいるのを世詩流は不思議に思った。

「ねえ……ここは昼間のように明るいけど、どうなっているの……？　私達が洋館を出たのは確か夜の九時頃だったはず……。あれから十分程しか経っていないのに……」

世詩流は首をかしげた。

「時差だよ。ここはね、ルーマニアなんだ。ルーマニアのトランシルバニア山脈の麓にある教会だ。日本とルーマニアの時差はマイナス七時間だから、今は午後二時過ぎってところかな」

「え⁉　ルーマニア？」

世詩流は驚いた。なぜ一瞬のうちにルーマニアに来たのか、世詩流には理解できなかった。考え込んでいる世詩流に、セインは話しかけた。

「あの白い壁はタイムホールなのさ。洋館とこの教会を繋いでいるんだよ。世詩流……思い出さないかい⁉　君と僕はこの教会で育ったんだ。ここなら、きっと君は前世を思い出すことができるよ……。目を閉じて、心を開放してごらん」

世詩流は言われるままに目を閉じた。すると、何かが世詩流の体の周りに集まり出したのを感じた。それは空気だった。教会内の空気が世詩流に思い出させようと働きかけた。

突然まぶたの裏に、今まで見たことがない光景が映画のように映し出された。それはまるで、ビデオの早送りでも見ているかのように、世詩流がここで過ごした十五年間を映し出していた。そこには、セインとシルバーとそして世詩流が教会の前で遊んでいる姿もあった。最後は、世詩流自身が死ぬ映像だった。セインは息絶えた世詩流を抱き締め泣いていた。そこで映像は途切れた。それは実に生々しい光景だった。静かに目を開けた世詩流の頬に涙が流れた。

「そう……私はここにいた。セイン……あなたといつも一緒だった……」

「思い出したんだね……」

セインは嬉しさのあまり世詩流を抱き締めた。

世詩流の心は、セインに対する愛と感謝でいっぱいだった。二人はしばらくの間抱き合っていた。

何かが世詩流の足に当たったのを感じ、世詩流は足元を見た。すると、シルバーが世詩流の足に体をすりつけていた。世詩流は、シルバーのことを忘れていた。

「ごめんなさいシルバー。あなたのことも思い出したわよ……」

世詩流はセインから離れシルバーを抱き締めた。するとシルバーは嬉しそうに尻尾を振った。その様子をにこやかに見ていたセインは、世詩流に話しかけた。

「世詩流、今日から二十五日までの四日間をここで過ごすんだ……。奴らは教会には入って来られないから、ここは安全なんだよ。でも、奴らは襲ってはこないけど、僕が君を襲わないとは保証できないからね」

セインは真剣な目で世詩流を見つめた。

「え!? や、やだ何、何言ってるの……」

世詩流は赤面し、慌てた。

「プッ！　世詩流……ほんと君ってかわいいよ」

セインは笑いながら世詩流の頭を撫でた。

「も、もう！　子供扱いしないでよ！」

世詩流はムッとして顔を背けた。

「でも僕から見れば、君はまだまだ子供だよ。なにしろ、僕は君より五百年以上も長く生きているんだからね」

セインは世詩流が愛しくてたまらなかった。

夜になると、セインはカバンからろうそくを取り出し、教会の壁の棚に備えつけてあった燭台に立てた。そして一畳くらいの敷物を床に敷き、二人はその上に腰を下ろした。セインは壁にもたれ、世詩流の体を包み込むように抱き締めた。

ろうそくの明かりの下で、セインは五百年の思いを世詩流に語った。セインの切ないほどの思いは、世詩流をも切なくさせた。

四日間、二人は一緒に過ごした。明るい昼間は教会の周辺を散歩するなどして時間を潰した。夜になると、セインは世詩流を抱き締め愛の言葉を語った。

二十四日、午後十一時。セインは、抱き締めていた世詩流を抱き上げ立ち上がった。

「行こう！」

セインは世詩流の手を引き、教会の中央に立った。足元には十字の形が刻まれた一メートル四方の石板があった。セインはその石板を少し持ち上げずらした。すると、下に続く階段が現れた。

「私、こんな階段があったなんて知らなかったわ……」

世詩流は驚いた。

「僕だってそうだよ。君が死んだ後、初めて父が教えてくれたんだ。この下には永遠の泉があり、君はそこでバンパイアハンターとして覚醒するんだよ」

セインの言葉を聞き、世詩流は階段を覗き込んだ。階段は真っ暗な闇の中へと続いていた。それを見た世詩流は、これから自分の身に起こることに対し、恐怖を感じずにはいられなかった。そんな世詩流の様子に気づき、セインは世詩流に声をかけた。

「大丈夫だよ……僕がついているよ」

　セインは世詩流の手を強く握り、階段を下り始めた。階段を二メートルくらい下りた時、両壁に明かりが灯った。それは、ろうそくの炎だった。壁を刳《く》り貫《ぬ》いた所に立ててあるろうそくは、約二メートル間隔で壁に設けてあった。ろうそくの炎は、まるで二人を導くかのように、先へ先へと炎を灯していった。世詩流は不思議に思えたが、ろうそくの炎のおかげで暗闇に対する恐怖心が少し薄らいだ。

　終わりがないのではと思えるほど階段は長く続いた。階段を下り始めて三十分程経った時、世詩流の目に階段ではなく平らな地面が映った。世詩流が顔を上げると、目の前に大きな空間が開けていた。それは天井までの高さが三十メートルはあろうかと思えるほどの広い空間だった。広さは大きな球場ほどあるように見受けられた。

　薄暗い空間の奥に、青白く揺らめく光があった。世詩流は引かれるように光の方へ進んだ。青白く揺らめいていたのは、大きな泉だった。底からライトを照らしているかのように、泉の底は白く輝いていた。それが壁に映って青白く揺らめいて見えた。

　世詩流は泉の底を覗き込んだ。すると、泉の底は限りなく透明で、土や岩は一切見当たらなかった。それはまるで、限りなく厚い水晶でできているかのようだった。

「ねえ、この泉の底って、もしかして水晶でできているの？」

世詩流は背後にいたセインに尋ねた。

「ああ、そうだよ。よくわかったね。その水晶が水を浄化しているんだよ」

セインの言葉を聞き、世詩流にはこの泉が美しい理由が頷けた。

泉の底の中央に窪みがあり、そこから滾々《こんこん》と水が湧き出ていた。世詩流は少しの間、その美しい泉に魅せられた。

「そろそろ時間だよ」

セインは世詩流に声をかけた。

日付が二十五日に変わった瞬間、天井の十字の割れ目から光が射し込み、泉を照らした。こんな地下深くにどうやって光が届いたのか、世詩流には不思議に思えた。

「世詩流、あの光の中に入るんだ……」

セインは泉を照らしている光を指した。世詩流には、もう恐怖心はなかった。世詩流は頷くと、着ている服をすべて脱ぎ、生まれたままの姿で静かに泉に入った。泉の中央まで行くと、ウエストのあたりまで水に浸かった。光の中に入った世詩流は、温かく優しい何かに包まれたのを感じた。すると、世詩流の体は水面を離れ、光の中に浮き上がった。

〝手を伸ばし、光を掴め〟

世詩流の頭の中に誰かの声が響いた。世詩流は射し込む光に向かって右手を上げ伸ばした。

すると、射し込む光が世詩流の右手の十字と重なり合った。その瞬間、まばゆいばかりの閃光が走り、光の中に突如剣が現れた。その剣を世詩流が掴むと、剣は右手の十字に吸い込まれるように消えた。突然、世詩流の体は反り返り虹色の光に包まれた。その光の中で、世詩流の体は変化し始めた。

茶色の髪は輝く金色へと変化した。すると、金色の髪は波打ちながら、元の世詩流の髪の長さまで伸びていった。そして、左の黒い瞳は透き通るような青い瞳に変化した。

世詩流の体を包んだ光は、世詩流が本来あるべき姿へと変化させた。変化が終わると同時に世詩流の体は泉に降り立ち、そして光は消え去った。その時には、胸の傷跡も腕の傷も消えていた。

世詩流は泉からセインに向かって近づいた。セインは近づく世詩流の姿を見て、喜びに体が震えた。世詩流の姿は、前世の姿そのものだった。世詩流はセインの目の前に立った。

「セイン、もっと私をよく見て……昔の私の姿に戻れたのよ」

世詩流の言葉に、セインは自分を抑えきれず、抱き締め熱いキスをした。

教会へ戻った二人は、夜が明けるのを待った。セインは床に腰を下ろしていた。しかし世詩流は落ち着かず、教会の中を歩き回っていた。それには理由があった。教会に戻った直後から、世詩流の体の中で何かがうごめき始め、それは世詩流をいらつかせた。

「世詩流、いったいどうしたんだい？　さっきから変だよ⁉」

セインは普通ではない世詩流の様子が気になった。

「体の中で何かがうごめいているの……それが体中に広がって……。私の体、どうなってしまったの⁉」

世詩流はつらそうな表情で理由を話した。

「そうか、それで……。でも大丈夫だよ。君の体に流れているバンパイアの血が、覚醒したことにより変化を始めたんだ。朝になれば君の体は完全に変化を終えるだろう……。それまで僕が抱き締めていてあげるよ、こっちへおいで」

世詩流がセインに近づくと、セインは世詩流の手を引き寄せ体を優しく包み込んだ。世詩流の体の中で血がざわついているものの、不思議なことに、いらつきは消えていった。セインの腕の中は、世詩流にとって一番安心できる場所だった。

「世詩流、朝になればここを出て、オルト川に沿って南へ下るよ」

セインは世詩流に話しかけた。

「ブラド公……私の前世の父を倒しに行くのね……」

「え⁉　君は知っていたのか？　父親のことを……」

セインは驚いた。

「ええ、八歳の時だったわ……私が太陽の光に弱いのを不思議に思って尋ねたことがあったのよ。あなたのお父様はすべてを話してくれた……私がバンパイアハーフだってこともね。……セイン、あなた知ってたんでしょう!?　私が殺される以前から……」

「ああ、知っていたよ。知ったのは僕が十歳の時だよ。僕は君のことを妹だと思っていた。僕は君を見るたび胸が苦しくなって、そのことを父に話したんだ……。その時、君が妹ではないことと君の出生の話をしてくれた。僕は嬉しかったよ……君が妹じゃなくてね。僕にとっては君が人間であろうがバンパイアハーフであろうが、そんなことはどうでもいいことなんだ。僕が君を愛しいと思う気持ちは、何があろうと変わらないからね」

セインは優しく世詩流の頭を撫でた。

「ありがとう……。でも私はつらかった……いつ私が人間ではないことをあなたが知るんだろうかってね……。今だから言えるのね。ところで、あなたのお父様は長生きされたの？　私、大好きだったのよ。ほんとに優しい人だったわ……」

世詩流の言葉に、セインの顔色は沈んだ。

「今の君を見たら、父はきっと喜んだだろう……。父はね、君の死後しばらくして殺されたよ」

「なんてこと……。あなたにとってブラド公は憎い敵《かたき》なのね……」

「そうだよ……。君の両親を殺したのも、僕の父を殺したのも……すべてブラド公の命令によって行われたことなんだ。ブラド公はこの一帯のバンパイア達を支配しているんだ……。そして各国に散らばっているバンパイア達も操っている。やつを倒せば、バンパイア達は支配者を失い、次の支配者の座をめぐって血族や種族の間で争いが起きるだろう……。結束が乱れることは僕達にとって有利なんだ」

世詩流はセインの話を聞き、自分にブラド公を倒せるのか不安に思えた。世詩流自身、覚醒したことによりどれだけの力を得られたのか見当もつかなかった。

教会の中に光が射し込んだ。世詩流がバンパイアハンターとして生まれ変わって、初めての朝を迎えた。

朝を迎えた世詩流の体は、不思議なほど力が漲《みなぎ》っていた。世詩流は、バンパイアの血が変化を終えたことを実感した。

「体の調子はどう？　落ち着いた？」

目が合うとセインは世詩流に尋ねた。

「ええ、すごくすっきりしているわ……。それに、体に力が漲っていて自分の体じゃないみたいよ」

世詩流の目は生気に満ち溢れていた。

「朝の散歩にでも行こうか」

セインは微笑みながら世詩流の手を引いて立ち上がった。そして扉に向かって歩いた。扉の前に立ち、セインは扉に手を掛けた。

「ま、待って！　私、パーカーを着ないと……」

世詩流は慌てて扉を押さえた。

「大丈夫だよ」

セインは世詩流の手をしっかり握り、そして扉を開けた。

眩しい光に、一瞬世詩流の目はくらんだ。セインは世詩流の手を引き教会の外へ出た。世詩流の体に太陽の光が当たった。しかし、世詩流の体に焼けつくような痛みはなかった。世詩流は驚きと喜びで言葉が出ず、思わずセインを見た。

「ね！　だから大丈夫だって言っただろ」

セインは微笑んだ。覚醒したことにより、世詩流の体を流れるバンパイアの血が変化し、世詩流の体を太陽光に対して強い体へと変化させた。

世詩流は教会の前に広がる草原へ駆け出した。その後をシルバーが追った。世詩流は草原に仰向けになり、太陽の光を体いっぱいに浴びた。太陽の光がこんなにも温かく気持ちいいものだということを、世詩流は初めて感じた。

「世詩流！　僕は先に森へ行っているからね！　……君一人で来るんだよ！　シルバーは連れ

て来ないでくれ！」

セインは草原にいる世詩流に叫ぶと、森へ向かった。世詩流はしばらくの間シルバーと草原を駆け回った。しかし、先に森へ行ったセインのことが気になり、シルバーを待たせて世詩流も森へ向かった。

森に入ったがどこにもセインの姿はなかった。

「セイン！　どこにいるのー!?」

世詩流は歩きながらあたりを見回した。突然、世詩流は頭上に殺気を感じ、素早く身を躱した。その直後、セインが剣を振り下ろし降り立った。

「私に剣を向けるなんて……どういうつもり！」

突然のことに、世詩流はセインをにらんだ。すると、危険を察知した血が世詩流の中で動き出した。

「驚かせて悪かった……君の能力を確かめたかったんだ……。うん、反射神経は合格だな」

セインは少し笑みを浮かべた。

「それならそうと言ってくれればいいのに……。そんなに確かめたいのなら、納得がいくまで見せてあげるわ！」

世詩流の瞳が真っ赤に変わった。世詩流は神経を右手に集中した。すると右手が光り、剣が現れた。世詩流はその剣を掴むと、セインに向かって振り下ろした。

「おっと!」

世詩流の剣を、セインは剣で瞬時に防いだ。

〝キィーン〟と澄んだ音が森に響いた。セインは世詩流の剣を押し返すと、一瞬の間に高い木の枝へ飛び上がった。世詩流はセインを見上げてニヤリと笑みを浮かべた。すると世詩流は、セインをはるかに凌ぐ高さの木の枝へ軽々飛び上がった。セインは世詩流を見上げ、その跳躍力に驚いた。世詩流はセインを見下ろすと、剣を振り上げてセインに向かって飛び降りた。そしてセインめがけ剣を振り下ろした。セインは紙一重のところでそれを躱すと、地上に飛び降り森の中を駆けた。世詩流も地上に降り、その後を追った。世詩流は前方を駆けるセインの姿を目で捕えると、セインの横から回り込み、セインの目の前に飛び出た。当然世詩流が後方にいるものだと思っていたセインは、突然目の前に現れた世詩流に驚き、咄嗟に横に飛びのいた。

「待った!　世詩流、もう十分わかったから!」

セインは足を止めた。世詩流の能力は、セインの予想をはるかに上回っていた。バンパイアの血が世詩流の能力を驚異的に高めたことは、紛れもない事実だった。

「これで満足!?」

世詩流は剣を手の中に収め、セインに微笑んだ。同時に、世詩流の瞳は元に戻った。

「ああ、ほんと凄いよ……」

セインも剣を収めようとしたその時、世詩流がそれを遮った。

「ちょっと待って！　あなたの剣を私に見せてちょうだい……」

「え!?　どうしてだい!?」

セインは剣を収めるのをやめた。

「いいから早く！」

世詩流に急《せ》かされ、セインはとりあえず剣を渡した。世詩流はセインの剣をまじまじと見た。

セインの剣は幅が広く、素早く扱えるように剣の先端から手先までの中央部分が切り抜いてあった。世詩流は自分の剣を出し、セインの剣と見比べた。世詩流の剣は、セインの剣よりかなり細く、そして短く軽かった。世詩流はしばらくの間二つの剣を見つめていた。セインは、世詩流が何を考えているのかわからず、黙って様子を見ていた。世詩流は二つの剣を近づけた。

すると、突然二つの剣は互いに共鳴し始めた。

――もしや……――

世詩流は二本の剣を重ねた。すると、世詩流の剣はセインの剣の中央にピッタリと嵌《は》まった。

――やっぱり――

その瞬間、一つになった剣が金色に輝き、力強い光を放った。

「何なのこの光は……？」

「わからないよ……。でも、まさか君の剣と僕の剣が一つの剣になるなんて……」

二人は輝く剣を見つめた。世詩流には、剣が思いのほか軽く感じられた。これなら自分でも扱えそうな気がした。世詩流は剣を構え呼吸を整えると、素早い速さで剣を振り下ろした。すると、何かを斬ったような感触があった。しかし、世詩流には何も斬った覚えはなかった。思わず世詩流は周辺を確かめた。すると、目の前の空間に一本の線が浮いていた。それは恰《あたか》も空間を切ってできた線のように見受けられた。世詩流とセインが見ている目の前で、その線は口を開き始めた。世詩流はそっと近づき、開いた箇所を恐る恐る覗いた。中はまっ暗な空間だった。突然、世詩流は吸い込まれそうな感覚に襲われた。世詩流は身の危険を感じ、咄嗟に後ろへ跳びのいた。

「何が見えたんだ!?」

世詩流の慌てた様子を見てセインは尋ねた。

「……中に真っ暗な空間があって、引き込まれそうになったの。……まるでブラックホールのような……」

世詩流は青ざめた。

「そんなばかな……」

セインは世詩流の言葉を半信半疑で受けた。しかし、世詩流の真剣な眼差《まなざ》しに、セインは確かめずにはいられなかった。セインが近づくと、さっきより明らかにその口は広がっていた。その中に広がるまっ暗な空間が目に映ったと同時に、セインの体は暗黒の闇の中へ引き込まれそうになった。セインも世詩流同様、後ろへ跳びのいた。危険を感じたセインは、世詩流の手を引きその場から少し離れた。見る見る暗黒の空間が広がり、周りの空間が引き込まれ始めた。セインは世詩流の持つ剣に目をやった。すると、剣は何かを導くように強弱をつけて光っていた。

「世詩流！　早く剣を別々に離すんだ！」

セインは世詩流に叫んだ。世詩流はすぐに二つの剣に分けた。すると、剣は光を失い、口を開けた空間が元に戻り始めた。そして線になり消えた。二人はしばらくの間、呆然とその場に立ち竦んだ。

「今のは何だったの……」

世詩流がポツリと呟いた。

「世詩流、〝破滅の剣〟って聞いたことあるかい？」

「いいえ……何なの？　破滅の剣って……」

世詩流はセインの顔をじっと見た。

「破滅の剣とは、神が持っている剣のことだよ。昔、父から聞いたことがある……。父は『神が世界を消滅させる時、二つの聖剣から成る〝破滅の剣〟で扉を開く』と言っていた。まさかとは思うが……。もしかすると、その二つの聖剣とは、君と僕の剣かもしれない……」

　セインは世詩流が持つ剣を見た。

「まさか……でもそうかもしれない。そうでないと、あの暗い空間が現れたことの説明がつかないもの……。確かに、この剣は神から授かった物だけど、神はなぜ私達にこんな恐ろしい剣を与えたのかしら？」

「それは僕にもわからないよ。でも、もしかすると、神はこの世界を滅ぼす時の決断を、僕達に託したのかもしれない……。二つの剣を決して一つの剣にしてはいけないんだ」

　セインの表情は暗く沈んだ。世詩流には、この剣にはまだ秘密が隠されているように思えた。そのことが恐怖に感じられ、早々にセインに剣を返し自分の剣を収めた。

「シルバーが待っているから帰ろうか……」

「そうね……」

　二人は教会へ向かった。

　教会へ戻ると、シルバーが入口に座って待っていた。

「シルバー待たせたね……」

セインが声をかけたが、シルバーはそれを無視した。

「あら、シルバーどうしたっていうの？」

「ははぁん……シルバー、お前連れて行ってもらえなかったから怒ってるんだな？」

セインはシルバーを見て笑った。

「セイン、あなたがいけないのよ。連れて来ないでって言うんだもの……」

「仕方ないだろ……。僕が君に剣を向けたところをシルバーが見たら、きっとシルバーは僕に襲い掛かっていたよ……。シルバーは昔から君のことが大好きだったからね。君を傷つける者は、たとえこの僕でも許さないはずさ」

「そうだったの……。シルバーのことは私に任せて」

世詩流はシルバーに近づき、腰をかがめて話しかけた。

「ねえシルバー、あなたを連れて行かなかったことは謝るわ、ごめんなさいね。でも理由があったからなの……。この次は二人で行きましょうね」

世詩流の言葉を聞いた途端、シルバーは機嫌を直し世詩流に戯《じゃ》れついた。

「僕に対する態度とは大違いだね」

セインはシルバーに呆れた。

二人は教会の中に入り、出発の準備に取り掛かった。世詩流は動きやすいようにショートパンツに着替え、長い髪は上部に束ねた。セインは聖水を詰めた小さなビンを数個用意した。準備が整うと、セインは真剣な表情で世詩流に話しかけた。

「世詩流、これからブラド公の住む古城に向かうが、注意しておくことがある。僕達は永遠の命を得たが、それは決して死なないという意味じゃない……。僕達もバンパイア同様、心臓を刺されると消滅するんだよ。それと、小さな傷ならすぐに治るが、多量の出血を伴う傷は時間を要する。この二つのことを頭に入れて十分に気をつけるんだ！」

セインの言葉に、世詩流は頷いた。

世詩流の足元に座っていたシルバーが急に立ち上がり、そして体を震わせた。すると、シルバーの体は徐々に大きくなり始め、倍の大きさになった。

「シルバー、あなたにこんな能力があったなんて……」

世詩流は驚き、大きくなったシルバーの姿を見つめた。

「シルバーの能力はそれだけじゃない。シルバーはね、カメレオンのように体の色を自由に変えることもできるんだ。そして体も自由自在に変形することができるんだよ。因《ちな》みに、僕はタイムホールを作り出すことができる。洋館からこの教会に来る時通ったあれだよ。君も何かの能力があるはずだよ。今は気づかないかもしれないが、そのうち気づくと思うよ」

セインはそう言って微笑むと、世詩流を抱き上げシルバーの背に跨がせた。そして後ろに跨がり、世詩流の体を包むようにシルバーに掴まった。

「さあ、出発だ！」

シルバーが風のごとく駆け出した。

第七章　古城・宿敵

青空の下、二人を乗せたシルバーが牧草地を駆けていた。シルバーの駆ける速さは、優に時速百キロは越えていたにもかかわらず、世詩流の体には風圧が一切かからなかった。世詩流にはそれが不思議に思えた。

「ねえ、こんなに速く駆けているのに、どうして体に風をうけないの?」

世詩流は後ろのセインを見て尋ねた。

「ああ……それはね、シルバーの体の周りの空気が僕達をも包み、シルバーとともに移動しているからなんだ」

セインは答えた。

世詩流には、見る物、聞くこと、すべてにおいて不思議に思えることばかりだった。世詩流は今、その一つを体験していた。森の中では意識しなかったが、シルバーに乗って駆けてからは実感できた。それは、視覚能力がとてつもなく高くなっていることだった。猛スピードで駆けている世詩流の目には、すぐ傍の草の葉一枚一枚が鮮明に見えた。それは、スローモーションのようにさえ感じられた。覚醒により、五感も高められたことは確実だった。

「もうすぐだよ……」

セインは世詩流に声をかけた。それは出発してから二時間くらい経った時だった。

シルバーが徐々に速度を落とし始めた。速度を落としながらしばらく走り、止まった所はうっそうとした森の中だった。

「森を抜けた所に古城がある……。ここからは歩いて行くよ。シルバーはここで僕達が戻って来るまで待っているんだよ、いいね！」

二人は森の中を歩き古城へ向かった。十五分くらい歩くと前方が明るみ始め、それからしばらく歩くと森を抜けた。

二人の目に、静寂の中に存在する古城の姿が映った。セインと世詩流は、周囲に注意を払いながら古城へ近づいた。すると、にわかに雲行きが怪しくなり、さっきまでの晴天が一転して灰色の雲に覆われた。

昼間だというのに、辺りが急に薄暗くなった。それはまるで、古城に近づく二人を拒むかのようにも感じられた。近づくにつれ、古城は不気味な姿を現していった。古城の壁を枯れた蔦が覆い、すべての窓には鉄格子がはめてあった。

二人は扉の前に立つと、互いに顔を見合わせた。そして扉を蹴破ろうと構えた途端、扉が内側へゆっくりと開いた。二人は警戒して身構えたが、扉の向こうには誰の姿もなかった。

「世詩流、気を抜くなよ！」

「ええ……わかってる……」

二人は古城の中に足を踏み入れた。その瞬間、じめっとした湿気を感じ、カビ臭い匂いが鼻をついた。

入口から十メートルくらい広い廊下が続き、奥には広間があった。そこは舞踏会でも開けそうな広さだった。

この広間には照明といえる物は存在しなかった。壁の数箇所の飾り棚に燭台が備えつけてあるものの、肝心のろうそくは一本も立ってはいなかった。しかも、この広間に似つかわしくない小さな窓が数個あるだけなので、広間はとても暗く感じられた。

世詩流はよく見ようと目を凝らした。すると、急に目の前が明るくなり、広間の様子が鮮やかに見え始めた。驚いた世詩流は、広間を見渡した。すると、美しい装飾品の数々が目に留まった。そのどれもが年代を感じさせる物ばかりだった。広間の奥には幅の広い階段があり、階段は中央あたりで左右に分かれていた。その中央の踊り場の壁には、大きな鏡がはめ込んであった。

「どこかに地下への入口があるはずだ……。まずこの広間から探そう」

セインも世詩流と同様に明るく見えるらしく、広間の壁や装飾品などを調べ始めた。世詩流も床を調べるなどしたが、入口に関する手掛かりは見つからなかった。次に上の階を調べることにした。

階段の踊り場に立ち、セインは右、世詩流は左に行くことにした。

「十分に気をつけるんだよ！　入口を見つけても絶対に入らないように」

セインはそう言って右の階段を上がって行った。しかし、世詩流はその場から動かなかった。世詩流は、そこにある鏡を見つめた。

——この鏡……何か変だわ……——

世詩流は何かを感じた。世詩流は、そっと鏡に触れてみた。すると世詩流の手は鏡の中へスーッと入った。この鏡が入口だと世詩流は確信した。世詩流はセインの言葉を思い出し、このことはセインが戻ってきてから話すことにした。入口を見つけたが、念の為上の階も調べようと階段を上がった。

最初に入った部屋は、白で統一されていた。壁には肖像画が掛けてあり、世詩流はそれを見て驚いた。描かれていたのは女の人だったが、その女の人は世詩流にそっくりだった。その時世詩流は、この女の人が自分の前世の母であると感じた。すると、無意識のうちに手が肖像画へと伸びていた。消像画に触れた時、裏から何かが床に落ちた。世詩流はすぐさまそれを拾った。それは十字架のネックレスだった。長い年月隠されていたのか、そのネックレスはかなり変色していた。しかし、世詩流はそれに見覚えがあった。世詩流は自分のネックレスを外して見比べた。二つは全く同じ物だった。きっと母が肖像画の裏に隠していたのだろうと世詩流は感じた。世詩流は二つのネックレスを首に掛けると、足早に部屋を出て次の部屋へと向かった。

部屋は全部で七部屋あった。どの部屋にも入口らしい所は見当たらなかった。しかし、最初の部屋に入った時から、世詩流は誰かに見られているような気がしてならなかった。姿はないのに、その誰かの視線はずっと世詩流につき纏《まと》った。世詩流は気味が悪く、最後の部屋を出ると早々に広間に引き返した。

広間にはセインの姿はなかった。広間に戻っても、誰かの視線は消えることはなかった。世詩流は恐怖を感じ、その場から動くことができなかった。

その頃、セインは全部屋を調べ終え、広間へ向かっていた。セインが調べた部屋は六部屋だったが、どの部屋にも入口らしい所は見当たらなかった。

広間へ向かう途中、セインは誰かの強い視線を感じた。急に世詩流のことが心配になり、セインは駆けだした。階段を急いで駆け下りた時、世詩流の姿が目に映った。セインはほっとした。

世詩流は、階段を下りるセインの姿に気づくとセインに駆け寄った。

「セイン……ずっと誰かに見張られているような視線を感じるの……」

世詩流は小さな声で囁いた。

「君もか……僕も感じたよ。早々にここを出た方がいいかもしれないな……」

セインは怯える世詩流の肩を抱くと、扉の方を向いた。その途端、二人は驚いた。先程まで誰もいなかった場所に、突如として男の姿があった。その男は、二人が城を出ようとするのを阻むかのように扉の前に立ち、二人をじっと見ていた。

男は小柄で、顔は青白く、髪は白くボサボサで、しかも異様に背中が曲がっていた。

「やれやれ、下っ端の登場か……。ということは、手ぐすね引いて僕達を待っていたのかな？」

セインは余裕の表情で男をにらんだ。すると、男は不気味に微笑んだ。

「いいえ、滅相もない……。私はお二人を昼食にお招きに上がっただけでございます。主人が待ち兼ねておりますので、どうぞこちらへ……」

男はそう言うと、右の方へ歩きだした。

世詩流は扉に目をやり、城を出るのは今しかないと思った。ところが、セインは世詩流の肩を引き寄せ右の方へ体を向けた。

「セイン、何を考えてるの！　気は確かなの？」

世詩流はセインから離れた。昼食への招待といい、セインの行動といい、まさかこうなるとは世詩流は予想もしていなかった。世詩流は顔を引きつらせ、セインを見た。

「ごめんごめん……君に聞くべきだったね。でも、君はまだブラド公の顔を知らないだろ？敵を知るということは、戦いにおいて重要なことだよ……。もしかすれば何かを得られるかもしれない。もし、罠であったとしても、君と僕ならきっと切り抜けられるよ……。世詩流、君は僕以上の力を持っているんだ……。自分の力を信じて恐れるな」

セインは世詩流を見つめた。この時セインは、自分の判断が間違っていることに気づいてはいなかった。この先起こることが世詩流に影響を与え、後に大事に至ることを、セインは知る由もなかった。

世詩流は、どうするか決めかねていた。セインの言う通り、世詩流はブラド公の顔さえ知らなかった。しかし、世詩流には嫌な予感がした。この先に、とんでもないことが待ち受けているように思えてならなかった。

「セイン、とりあえずあなたに従うけど、私、ブラド公に会って冷静でいる自信がないの……。きっと……いいえ、絶対に自分を抑えることができないわ」

世詩流は真剣な目でセインを見つめた。

「その時は、その時さ」

セインは再び世詩流の肩を抱き、男が歩いて行った方へ進んだ。すると、世詩流の心臓の鼓動が徐々に高鳴りだした。

男は扉の前に立っていた。二人が近づくと男は扉を開けた。その途端、血生臭い匂いがした。食堂らしき部屋は、窓という窓がすべて暗幕で覆われていた。通常の人間ならば、部屋の中を確認することは不可能だろう。世詩流の目には、広い部屋の中央に置かれている五メートルほどのテーブルと、そこに座っている男の姿が映った。その男こそがこの城の主《あるじ》、ブラド公だった。

「さあ、どうぞ中へお入り下さい」

先程の男がいつの間にか燭台を手にしていた。男は二人を席まで案内した。

「お嬢様はこちらへ……男の方は向かいの席へどうぞ……」

二人が席に着くと、男は持っていた燭台をテーブルの上に置き部屋を出て行った。

世詩流はテーブルの上を見てギョッとした。それと同時に強烈な吐き気を催し、世詩流は咄嗟に手で口を覆った。

白いクロスに覆われたテーブルの上には、真っ赤なパン、どろっと粘り気のある赤黒いスープ、血小板のようなものが浮いている赤いワイン、そして真っ赤なソースのかかったレバーのソテーなどが置かれていた。そのどれもが特有の匂いを放っていた。あまりの気分の悪さに、世詩流はすぐにでも部屋を出て行きたい心境になった。しかし、席を立つわけにはいかなかった。

二人とブラド公との距離は二メートル程だった。世詩流は気を取り直してブラド公を見た。すると、ブラド公は世詩流をじっと見つめ、不気味な笑みを浮かべていた。

世詩流の目に映ったブラド公は、世詩流の容姿とは懸け離れていた。瞳も髪の色も黒く、口ひげを生やした青白い顔は頬がこけていた。

「ようこそ、わが城へ……。君達を歓迎するよ。ところで、探検ごっこは楽しかったかな？」

ブラド公はニヤリと笑い、二人に話しかけた。

「ああ、楽しませてもらったよ……。でも、僕達が侵入したことに気づいていながら、黙ってネチネチと見ているとは……ほんと、いい趣味だよ！」

セインはブラド公をにらんだ。ブラド公は、セインと目が合うと鼻で笑い、視線を世詩流に向けた。

「世詩流、この城は気に入ってもらえたかな？」

ブラド公は世詩流がどう答えるか、興味津々で見つめた。

「……私にそれを聞く以前に、このテーブルの上にある汚物を何とかしたらどう!?　臭くてたまらないわ！　それにこの城も……陰気でカビ臭くって……。よくこんな城に住めたものだわ。この城もお前も最低最悪よ！」

世詩流は吐き捨てるように言うと、ブラド公をにらんだ。

「そうか……それは残念だ。私はてっきり、この食事は気に入ってもらえると思っていたのだが……。まあ、遠慮しないで食してみてはどうだね？」

ブラド公は世詩流を見てニヤつくと、食事に手をつけ始めた。それを見て世詩流はキレた。

「ふざけないで！　私はバンパイアじゃない！　私を殺そうとした上に、私の大切な人達の命までも奪っておいて……この上、私達を愚弄するというの!?」

世詩流は立ち上がり、怒りに体を震わせながらブラド公をにらみつけた。

「すまないことをしたと思っている……。あれは、私の意志ではない……。私は、ただお前が欲しかっただけだ。バカな手下どもが何を勘違いしたのか、お前の家族とお前達を襲ってしまった……。許してほしい」

ブラド公は世詩流に頭を下げた。しかし、伏せた顔は不気味に笑っていた。

「そんな嘘を私が信じるとでも思っているの!?　何が目的!?　私の命？」

世詩流はいつでも剣を出す心構えができていた。

「信じてもらえるとは思ってはいなかったが……。しかし、お前が欲しいというのは事実だ。前世ではお前を殺したが、今回は考えを改めた。お前はこの城で、父親の私と暮らすのだ。お前の力と私の力をもってすれば、神など恐れるに足りぬわ！　……今までのことは水に流して、私とともにこの世界を支配しようではないか！」

ブラド公は立ち上がり、世詩流に手を差し伸べた。

「ブラド！　きさまという奴は、どこまで……」

セインは立ち上がり、ブラド公に掴み掛かろうとした。それを世詩流は止めた。

「セイン、待って！　……ブラド公、一緒にこの城で暮らそうですって!?　……今までのことは水に流してですって!?　冗談じゃない……私はお前を倒しにこの城に来たのよ！　今、ここでお前の心臓を貫くことだってできるのよ！　お前は人間の敵……私は必ずお前を倒す！　そしてお前の仲間も倒す！」

世詩流は大声で叫んだ。

「私が人間の敵だって!?　では、お前の敵ではないのだな？」

「何を言ってるの？　……私の体にだって人間の血が半分流れているのよ。半分はお前の汚《けが》れた血が混ざっていようともね！」

世詩流が言った途端、ブラド公は笑いだした。

「クックック……これは傑作だ。世詩流……お前は知らないのか。そうか、ハハハ……教えてやろう、お前の体には人間の血など一滴たりとも流れてはいない！」

「今、何て……言ったの……!?」

「お前の体には、人間の血が！　一滴も！　流れていない！　……と言ったんだ」

ブラド公は、強調するようにわざとゆっくりと、そして大きな声で言った。そして、愕然としている世詩流を見て、不気味に笑みを浮かべた。

「私の体に人間の血が流れてないなんて……。じゃあ……私は何者なの？　まさか純のバンパイアなの？」

世詩流の頭は混乱をきたした。

「世詩流、しっかりしろ！　奴のでまかせに決まっている……。惑わされるな！」

セインは世詩流を抱き締め、ブラド公を激しくにらんだ。

「でまかせではない。自分で確かめるといい。月を背にして水面を覗くと、自分の本当の姿を見ることができる。何が見えるかは、その時のお楽しみだ。世詩流、私は必ずお前を手に入れる……必ずな！」

「きさまなどに世詩流は渡さない！　僕の命に代えても世詩流を守ってみせる！」

セインは世詩流を抱き上げ部屋を出た。

「若造めが、生意気に……。世詩流はお前ごときが扱える品ではない！　世詩流が神にも匹敵する力を持っていることをお前は知らない……」

部屋を出るセインの後ろ姿を見据え、ブラド公は呟いた。

城を出た二人は、シルバーの待つ森へ向かった。セインの腕の中で世詩流は小さく震えていた。その震えを感じたセインは、世詩流をブラド公に会わせたことを後悔した。

森に入っても世詩流の震えは止まらなかった。世詩流の頭の中ではいろんな思いが巡っていた。

――私は人間じゃない……ではバンパイア？　それともバケモノ？　……この姿が本当の私の姿でないのなら、本当の姿って？――

「ごめんよ世詩流……君につらい思いをさせる羽目になってしまったね……。でも、これだけは覚えておいてくれ……。前にも言ったが、たとえ君が何者であっても僕の気持ちは変わらないということをね」

「……ありがとう……」

世詩流はセインにしがみついた。

森の中でシルバーの声が響いた。二人の気配を感じたシルバーが駆け寄って来た。

セインは森の中を見渡すと、一本の大木を目指した。その大木には大きな洞《ほら》があり、セインは世詩流を抱いたままその中に座り込んだ。

「日が落ちれば動くのは危険だ。今日はここで過ごし、明日太陽が昇ればすぐに城の中に踏み込もう……」

セインはそう言うと、ポケットから小さなビンを取り出した。

「シルバー、これを木の周りにまくんだ」

セインはシルバーにビンを渡した。

「何なの？　そのビンの中に何が入っているの？」

「あれかい？　あのビンの中には聖水が入っているんだよ……。あれをこの周りにまいておけば、奴らはここには近づけない。寝入ったところを襲われでもしたら大変だからね……。それに、邪魔されたくもないからね」

セインは微笑むと、きつく世詩流を抱き締めた。

「ねえ、セイン……。私、入口を見つけたわよ……」

「え!?　見つけたのか？　で、どこにあったんだ？」

「広間の階段の中央に大きな鏡がはめ込まれていたでしょう？　あれが入口よ……」

「なぜわかったんだ？」

セインは、自分が見つけることができなかった入口を、世詩流がやすやすと見つけた理由が知りたかった。

「あの鏡の奥から、奴らの匂いがプンプンしたわ……だから触ってみたの……。すると、手が鏡の中を通り抜けたのよ。それに、鏡はあの一枚だけだった……。鏡に写らないバンパイアが鏡を必要とする理由がないじゃない。どう見てもあの鏡は不自然よ」

「さすがだね。でも……あの鏡なら僕も触れてみたが何の異変もなかったよ……」

セインの言葉を聞き、世詩流はしばらく考えた。

「たぶん……あの鏡の裏に入口が開いているのよ。それを隠す為に、入口にあの鏡をはめ込んだんだわ。それも特殊な鏡でね。あの鏡はね、バンパイアしか通り抜けられないようになっているの……。だから、私が触れると通り抜けて、セイン、あなたには何も起こらなかったのよ」

「なるほどね……そうだったのか。でも、そうなると僕は中に入れないことになる……」

セインは考え込んだ。

「大丈夫。鏡を壊せばいいのよ……。でも、特殊な鏡だからそう簡単に壊すことはできないでしょうね。きっと、かなりの時間が掛かると思うけど、二人なら短時間で壊せるかもしれないわ……」

世詩流は言い終わると、顔を伏せ黙り込んだ。

「……世詩流、奴の言ったことを気にしてるのか？」

セインの問いに世詩流は何も答えなかった。セインは黙って世詩流を抱き締めた。

日が沈み、あたりは暗闇に包まれた。ふと、世詩流が洞の外を見ると、森にかすかな月の光が射し込んでいた。それを見た途端、世詩流の心は激しく揺れた。

世詩流はそっとセインの顔を見た。セインは目を瞑り、眠っているように世詩流には見えた。

ゆっくりとセインから離れて立ち上がろうとした瞬間、世詩流は手首を掴まれ引き戻された。

「どこに行く!?　まさか奴の言ったことを真に受けて、確かめに行こうとしているんじゃないだろうな……？」

セインはゆっくり目を開けた。

「あ……そ、そんなこと……。わ、私は何も……」

世詩流は慌てた。

「世詩流、君の考えていることくらい僕にだってわかるよ……。でも、行かすわけにはいかない！　奴は君を狙っているんだ」

セインは厳しい目つきで世詩流を見た。

「セイン、お願い行かせて……。私は、本当の自分の姿を確かめたいのよ」

世詩流はセインの手を振り解き洞の外へ出た。

「待つんだ！　世詩流！」

セインは世詩流を追って洞を出た。

「来ないで！」

世詩流は叫ぶと、セインに右手を向けた。すると、セインの体は金縛りにあったように動けなくなった。

「ごめんなさい……こんなことはしたくなかったんだけど……。しばらくすれば動けるようになるわ。シルバー、セインをお願いね」

「罠かもしれない……。行くな！」

「たとえ罠であったとしても、私は確かめたいのよ。心配しないで……どんな結果になろうとも、私は必ずあなたのところに戻って来る……」

世詩流は微笑むと、その場から姿を消した。

セインは胸騒ぎがした。何とか体を動かそうとしたが無駄だった。

――どうか何事もなく無事で戻って来てくれ――

セインは祈った。

第八章　消滅……そして始まり

世詩流は森の外れにある湖の辺《ほとり》に佇んでいた。湖の水面を見つめている世詩流の心中は複雑だった。

——もし、醜いバケモノのような姿が水面に映ったら……——

そんな思いが、世詩流の決心を鈍らせた。しかし、避けては通れない事実であることには違いなかった。

世詩流は意を決し、月を背にできる位置まで移動した。湖の縁に屈むと、大きく深呼吸をして目を瞑り、湖に体を乗り出した。そして恐る恐るゆっくりと目を開けた。すると、水面に映った姿はバケモノの姿などではなく、今の世詩流の姿そのままだった。世詩流は、ほっと胸を撫で下ろした。

——ブラドは嘘を……それを真に受けるなんて……——

そう思ったのは一瞬だった。次の瞬間、白くぼんやりとした大きな何かが、自分の後ろに映っていることに気づいた。世詩流は不思議に思い水面に体を近づけた。その途端、世詩流は後ろへ跳びのき、思わず背中に手を回しまさぐった。しかし、世詩流の背中には何もなかった。水面に映ったのは大きな白い羽だった。世詩流は再び水面を覗き込み確かめた。すると、やはり世詩流の背中には羽が映っていた。

「何なの……どうしてこんなものが映るの……?」

世詩流は驚き呟いた。

——この羽はもしかして……。でも、セインの父は、私の母を人間だと……。まさか、そんなことが——

世詩流には訳がわからなかった。

突然、世詩流は背後に迫る何者かの気配を感じ取った。その気配はブラド公のものだった。世詩流は剣を握ると、その場で身構えた。その直後、世詩流は何者かに足首を掴まれ身動きがとれない状態となった。見ると、地中から伸びた二本の手が、世詩流の足首をしっかり掴んでいた。次の瞬間、世詩流は地中に引き込まれた。

「世詩流様！　世詩流様！　目を開けて下さい！」

世詩流は体を揺すられ目を開けた。どうやら、一瞬気を失っていたのだと世詩流は感じた。世詩流は目の前の男の姿に驚いた。男は、城で世詩流達を案内したあの背中の曲がった男だった。

「早くこちらへ！　ブラド公が近づいています」

男はそう言うと駆け出した。世詩流には男がさほど危険にも思えず、とりあえず後に続いた。世詩流がいる場所は、地下の通路だった。通路は天井、壁、床のすべてが赤茶けたレンガで造られていた。

迷路のように入り組んだ通路をしばらく走ると、世詩流達は扉の前に出た。男はその扉を開けさらに進んだ。世詩流が男の後に続くと、そこは小さな部屋になっていて、数人の男がいた。男達は一斉に世詩流を見た。

——待ち伏せ？　……これも罠だったの？——

咄嗟に世詩流は剣を構えた。その姿を見た男達は突然目を潤ませ、口々に喋り始めた。

「この方が……なんとそっくりな……」

「これで私達も悪夢から救われる……」

「おお……待ち続けてよかった……」

男達の意外な反応に、世詩流は戦意をなくした。

呆然と男達を見ている世詩流に、背中の曲がった男は話しかけた。

「私の名前はギルスと申します。ここにいる者は皆、ブラド公によってバンパイアに変えられた者達ばかりです。私達は世詩流様に危害を加える気は毛頭ございませんのでご安心を……」

醜い外見からは想像もつかないほど、男は優しい目で世詩流を見つめた。

「では……なぜ私をここへ……？」

「それは、世詩流様をブラド公からお守りする為です。今夜、あの湖に世詩流様が真実を確かめに来ることを、ブラド公はわかっていたのです……。湖で世詩流様を襲い、城へ連れ去る計画でした。あの方の娘であるあなたを、ブラド公などに渡すわけにはいかないのです」

「あの方って……私の前世の母のこと？　……ねえ、教えて！　母は人間じゃあなかったの？」

世詩流は真実が知りたくてギルスに尋ねた。

「……世詩流様が湖でご覧になった通りでございます。お母上のルシア様は、〝神の命《めい》〟により地上に降りて来られた天使でした。それはもう、お優しいお方でした」

ギルスは思い出したように微笑んだ。

世詩流は、湖に映った羽を見た時から〝もしや〟とは思っていたが、それでもやはりギルスの言葉はショックだった。真の姿がわかった今、世詩流は人間に属さない自分をバケモノのように感じた。

「世詩流様!?」

うつむいていた世詩流にギルスが声をかけた。世詩流が顔を上げると、ギルスが話し始めた。

「世詩流様、あなたという存在がこの世に生を受けたのは、偶然ではないのです……」

「え!?　どういうことなの……？」

突然のギルスの言葉に、世詩流は慌てた。

「ルシア様は〝神の命〟により、あなたをお産みになったのです」

「〝神の命〟っていったい……。ギルス、あなたはすべてを知っているのね？」

「はい、私はルシア様から、あなたがこの城へ来られた時にお話しするようにと、申し付かっていたのです……。ブラド公が神の力を欲しがっていることに気づいた神は、それを利用してブラド公を倒そうと考えたのです」

「それって……まさか……」

とんでもない考えが世詩流の頭をよぎった。

「神は、あなたという存在を生み出す為に、ルシア様を地上へ送られたのです……。案の定、ブラド公はルシア様を捜し出し、ルシア様はあなたを身籠った……。神はバンパイアを滅ぼす為に、神の力とバンパイアの力を持つあなたを生み出したのです」

ギルスの言葉に世詩流は愕然とした。

「……私は……バンパイアを滅ぼす為だけに生み出されたっていうの!? 私が存在したばかりに、私の愛する人達は殺されたのよ! ……私はブラド公が憎い、でも……今は神や母さえも憎く感じる……」

世詩流は怒りが込み上げ体が震えた。その様子を見たギルスは、世詩流に再び話しかけた。

「世詩流様……あなたのお気持ちはよくわかります。けれど、ルシア様とて苦しんでおられたのです……。私は、涙に沈むルシア様を何度もお見かけしました……。ブラド公は強大な力を持っています。そのブラド公を倒せるのは、神の力を持つあなたしかいないと、ルシア様は言っておられました。……どうか、ブラド公を倒し、私達をこの悪夢から救って下さい……」

ギルスはそう言って世詩流を見つめた。すると黙って二人の話を聞いていた男達も、訴えるような目で世詩流を見つめた。世詩流の心中は複雑だった。

突然、一人の男が身の上話を話し始めた。男は、家族を目の前で殺され、その後五百年以上も醜い姿で生き長らえていることを語ると、その場に泣き崩れた。すると、また一人の男が語り始めた。その男も家族を殺され、虐げられてきたことを世詩流に語った。

——この人達も、私と同じなんだ……——

あまりにも悲惨な話に、世詩流の目から涙がこぼれ落ちた。男達の話を聞き、世詩流は自分が今為《な》すべきことを痛感した。

「世詩流様、そろそろブラド公がこの場所を突き止める頃でしょう……。さあ、こちらへ」

一人の男が世詩流に声をかけた。

「私達が時間を稼ぎますので、世詩流様はお連れの方のところへ早くお逃げ下さい。この扉の向こうは、地上の出口への一本道ですので迷うことはありません。世詩流様、私達はあなたとお話しができ幸せでした……。まるでルシア様が生き返られたようで……。さあ、早くここから！」

男が地上へ向かう扉を開けた途端、凄まじい殺気が急速に迫るのを世詩流達は感じた。

「ブラド公だ！　扉のすぐそこまで来ている！　早く世詩流様を！」

男の一人が叫んだ。その直後、扉は大きな音とともに開かれ、ブラド公が現れた。計画を邪魔されたブラド公は怒り狂っていた。

「きさまら！　よくも私を裏切ったな！」

ブラド公は血走った真っ赤な目を見開き、男達をにらんだ。その瞬間、ブラド公は一人の男の心臓を一気に貫いた。男は叫び声を上げ、灰になり崩れた。

「やめて！　殺さないで！」

世詩流は止めに入ろうとした。しかし、ギルスは世詩流を止めた。

「世詩流様が捕まれば、私達は犬死にも同然です！　私達に構わず早くお逃げ下さい！」

ギルスは世詩流を通路へ押し出し扉を閉めた。そして扉の前に立ち塞がった。

世詩流は出口へ向かって全速力で駆けた。遥か後方から男達の叫び声が聞こえた。

――ごめんなさい……私の為に……――

世詩流は涙を堪《こら》え走った。

一方、金縛りが解け自由になったセインは、世詩流を捜し湖の周辺を駆けていた。どこを捜しても世詩流の姿がないことに、セインは不安を募《つの》らせた。

――ブラドに連れ去られたのか？――

セインは大声で世詩流の名を叫びながら捜し続けた。

その頃世詩流は、後方から迫るブラド公に恐怖しながら出口の扉へ向かっていた。前方に扉を確認すると、世詩流は急ぎ外へ出た。

そこは古城のすぐ近くだった。世詩流が森に向かって駆けだした直後、十数メートル後ろを追って来るブラド公の気配を感じた。

——なんて足の速さなの……——

世詩流は何とかブラド公を撒こうと、木の上へ飛んだりジグザグに走ったりした。しかし、ブラド公はぴったり世詩流の後ろに張りついていた。

このまま逃げていても体力を消耗するだけだった。世詩流は覚悟を決め剣を握り締めた。足を止め振り返った瞬間、目の前にブラド公の姿が迫り、世詩流は強い力で弾き飛ばされた。

「世詩流、私と城へ来るのだ……」

ブラド公は不気味な笑みを浮かべ、地面に倒れている世詩流に歩み寄った。

「だれがお前となど……。私はお前を倒すのよ！」

世詩流は立ち上がり、ブラド公をにらみつけた。

「では仕方がない……。美しい体に傷をつけたくはないが……」

そう言うと、ブラド公は世詩流に剣を振り下ろした。世詩流はそれを瞬時に躱し、高い木の枝へ飛び上がった。すぐさまブラド公も世詩流を追った。

二つの剣が激しくぶつかり合う音が、森の中に響き渡った。その音は、世詩流を捜していたセインの耳にも届いた。世詩流が危険にさらされていることに気づき、セインはシルバーとともに音のする方向へ急いだ。

ブラド公の力は強く、世詩流は何度も弾かれそうになった。正面からでは太刀打ちできないと感じ、世詩流はギリギリまでブラド公を背後に引きつけた。そして一瞬でブラド公の後ろへ回り込み、勢いよく剣を振り下ろした。剣はブラド公の左腕を斬り落とした。にもかかわらず、何もなかったかのようにブラド公は不気味に微笑み、世詩流に向かって来た。世詩流はその様子に恐怖を感じた。

世詩流は心の中でセインに助けを求めていた。そんな世詩流の耳に、世詩流を呼ぶセインの声が聞こえた。世詩流は一瞬気が緩んだ。

突如、目の前にブラド公が現れ、鈍い音とともに世詩流は一瞬にして胸を貫かれた。

――しまった！――

世詩流の胸に激痛が走った。ブラド公が剣を引き抜くと、世詩流の胸から血が噴き出し、世詩流は地面へと落下した。地面は血の海と化した。薄れゆく意識の中で世詩流は自分の死を感じた。

ブラド公は地面に降り立ち、倒れている世詩流に近づいた。

「ブラドー!!」

セインの叫び声でブラド公が振り向いた。セインの目に、ブラド公の持つ血まみれの剣と、血の海の中に倒れている世詩流の姿が映った。

――間に合わなかった!――

セインは体が震え愕然とした。

「きさまー! よくも世詩流を!」

セインは剣を握り締め、ブラド公に向かって突進した。すると、ブラド公は一瞬の間に世詩流の体を抱え、高い木の枝へ飛び上がった。それを見て、セインも隣の木の枝へ飛び上がった。しかし、世詩流を傷つけるおそれがあったので、ブラド公に斬り掛かることができなかった。

「ブラド! 世詩流を放せ! 世詩流をどうするつもりだ!」

セインは叫んだ。

「世詩流は私がもらい受ける!」

ブラド公はそう言うと、ニヤリと笑い古城の方向へ飛び去った。

「シルバー行くぞ! 世詩流を取り戻すんだ!」

セインはシルバーとともに後を追った。

古城に入ると、セインは踊り場の鏡の前に立った。

——きっとこの中にいる！——

セインは何度も剣で鏡を叩いた。しかし、鏡は割れるどころか、罅《ひび》や欠けさえもしなかった。やはり世詩流が言った通りだった。時間がかかることを知り、セインは焦った。早く世詩流を助け出したい一心で、セインは叩き続けた。

その頃、世詩流は意識を失ったまま、地下の一室にある石棺の上に寝かされていた。しばらくして世詩流は目を開けた。

——生きている……——

多量の出血の為、朦朧《もうろう》とする意識の中で世詩流はそう感じた。

体を少し動かしただけで、胸と背中に激痛が走った。世詩流は手足を石棺につながれていたので、動かせるのは頭のみだった。しかし頭がクラクラして、かろうじて動かせる程度でしかなかった。世詩流は胸の傷が気になり、ゆっくりと頭を上げ胸を見た。真っ赤に染まった服からして、かなりの傷を負ったものと思われた。世詩流にとって直接傷が見えなかったのは、不幸中の幸いだった。もし傷口を目にしていたら、ショックで気を失っていただろう。

部屋の壁の至る所に、手枷《てかせ》やムチ、その他いかにも拷問に使いそうな道具などが掛けてあった。世詩流の手足がつながれているということは、まさにこれから拷問が行われようとしていることを示しているかのようであった。

　ズズズ……。

　世詩流の足元の方から、石の擦れる音がした。見ると、壁が回転してブラド公が現れた。驚いたことに、世詩流が斬り落とした左腕がすでに再生されていた。

　ブラド公はゆっくりと世詩流に近づき、舐めるように世詩流の体を見た。

「多量の出血で体が思うように動かせまい。素直に従えば痛い思いをせずに済んだものを……」

　ブラド公は世詩流の体に手を伸ばした。

「触らないで！　私に何をするつもりなの!?　拷問でもするつもり!?」

　世詩流は叫んだ。

「拷問？　そんなことをするつもりはない。お前には私の子供を産んでもらう。われらバンパイアは、優れた能力を持つ者同士で子供を作り、より優れたバンパイアを生み出してきた……。世詩流、お前もその一人だ。私の場合は、神に匹敵する力を持つバンパイアを欲し、地上に降りていた天使を捜し出し子供を産ませた……それがお前だ。五百年前、お前はバンパイアとして生まれたのではなく、神の使いとして生まれてきてしまった……。あの時はお前を殺したが、お前は神にも匹敵するほどの力を持って、再び私の前に現れた。私はその力が欲しいのだ……。お前の能力と私の能力を持つ子供なら、神などに負けはしない！」

ブラド公は勝利を確信したかのような顔で世詩流を見た。

ギルスからすべてを聞いていた世詩流は、何も知らないブラド公がこっけいに見えた。

「愚かな……お前は神には勝てない！　そしてこの私にも……」

世詩流はブラド公をにらみ、冷笑した。

「恐怖のあまり、気がふれたのか!?　……安心するがいい、お前が私のものになるというのなら命は助けてやる……。どうだ!?」

ブラド公はそう言うと、世詩流の服に手を掛けた。

「汚らわしい！　私に触らないで！　お前のものになるくらいなら、いっそ殺された方がまだましよ！」

世詩流は叫んだ。

その直後、何かが割れたような音が遠くから響いてきた。それと同時に、誰かの駆ける足音が急速に近づいて来た。

「ま、まさか！　あの男、鏡を割ったというのか……。いまいましい！　まず、あの邪魔な男を始末しなければならないようだ……」

ブラド公は世詩流の服から手を離し、近づく足音の方向を見据えた。世詩流はブラド公の言葉に体が震えた。

「やめて！　殺すのなら私を殺せばいい！　だからセインは殺さないで!!」

世詩流は叫び、手足の鎖をはずそうと必死にもがいた。その様子を見たブラド公はニヤリと不気味に微笑んだ。

「世詩流、私にはあの男が、お前にとってよほど大切と見受けられたが……。お前にあの男を始末させ、その後ゆっくりとお前を私のものにするとしよう。お前は自らの手で愛する男を殺すのだ！」

ブラド公はそう言うと、真っ赤な目を見開き、世詩流の目を見つめた。そして何かの言葉を唱え始めた。

——催眠術をかけるつもりだ！——

世詩流は目を逸《そ》らそうとした。しかし、逸らそうとすればするほど赤い目に引き寄せられ、目を逸らすことも閉じることもできなかった。次第に世詩流の意識は薄れ、深い催眠状態に陥った。

セインが駆けつけた時には、すでにブラド公の姿はなかった。すぐさま、セインは世詩流に駆け寄った。

「世詩流！　しっかりしろ！」

セインは世詩流に声をかけ、体を揺すったりもしたが、世詩流の意識は戻らなかった。セインは世詩流の胸に耳を近づけ、心臓が動いていることを確認した。

――よかった……生きていた――

セインは世詩流の手足の鎖を外し、世詩流を抱き上げ古城を出た。

森に戻ったセインは、いまだに意識が戻らない世詩流を心配した。よほどの傷を負ったのだろうと感じ、セインは世詩流の服の胸元を開けて確かめた。傷は徐々に小さくなり始めていたが、背中まで達している傷であることは一目で確認できた。

――何て酷いことを……。かわいそうに、痛かっただろう……――

セインは、世詩流を止められなかったことを悔やんだ。そして、世詩流をこんな目にあわせたブラド公に対し、抑え難い憎しみが込み上げた。

しばらく経って、ようやく世詩流が目を開け意識を取り戻した。

「よかった……どれほど心配したか……」

セインは世詩流を見つめ、安堵の留め息をついた。

「私……ごめんなさい……」

「気にしなくていい……。それより、傷が治りかけているからあまり動かない方がいいよ」

セインは優しく世詩流を抱き締めた。セインの優しい言葉と温かい腕に包まれた世詩流は、不安も恐怖もどこかへ消え去ったような安らぎを感じた。しかし、その安らぎは束の間であった。

突然の恐怖が世詩流を襲った。古城での出来事を思い出し、世詩流は体が震えた。

「世詩流……どうかしたのか?」

世詩流の様子がおかしいことに気づき、セインは世詩流に声をかけた。その途端、世詩流は体をねじり、セインの腕の中から離れた。そして怯えたような目でセインを見つめた。

「いったいどうしたっていうんだ!?」

セインには理由《わけ》がわからなかった。セインは立ち上がり、世詩流に近づき手を伸ばした。すると、世詩流は首を左右に振り退いた。

「セイン、私に近づかないで! 私、ブラドにあなたを殺すように催眠術をかけられたの……。私、きっとあなたに剣を向けるわ。そんなことになったら……。お願いだから、私から離れて遠くへ行って、お願い……」

世詩流は涙ぐんだ。すると、セインは静かに世詩流に近づいた。

「世詩流、僕は何があっても君を離さないって言っただろ……。もし、君が僕を襲ってきたとしても、僕が何とかするから心配しなくていい。それより、心配なのは君の傷だ……治りかけてはいるがあと一日くらいは掛かるだろう。その間、おとなしくして動かないことだ」

セインはそう言うと、世詩流を引き寄せた。そして地面に腰を下ろし、世詩流をしっかりと抱き締めた。

セインが世詩流と一緒にいるということは、世詩流がセインを襲う確率が高くなったことを示していた。そのことに、世詩流はますます不安を募らせた。

「世詩流、少し眠った方がいい……」

セインは世詩流に声をかけた。しかし世詩流には眠ることなどできそうになかった。今のうちに伝えておくべきことは伝えておこうと考えた。

「ねえセイン、まだ話してなかったわね……」

「何を!?」

「湖に映った私の姿のことよ……。私の背中に、大きな白い羽が映ったの……。私の母は人間ではなく天使だった……」

世詩流は、人間ではない自分をセインがどう思うか心配だった。

「そうか……でも残念だったなあ……。僕も天使の世詩流を見たかったよ」

セインはそう言ってにっこり微笑んだ。何となくわかってはいたが、セインの言葉に世詩流は救われた思いがした。

「でも……どうしてあなたのお父様は、私の母を人間だと言ったのかしら……?」

「さあ、どうしてかな? 父は、君のお母さんが天使だと知らなかったのかもしれない……。

それとも知っていて言わなかったのかもしれない……。どちらにしても、父は君に人間らしく生きてほしかったんじゃないかな……」

セインの言葉を聞いて、世詩流もきっとそうだろうと感じた。バンパイアであれ、天使であれ、自分は今まで人間として生きてきたのだから、何も気に病むことなどないのだと世詩流は思った。それに、自分が何者であろうと愛してくれるセインがいることが、世詩流にとって何よりも心強かった。しかし、いつ自分が愛しいセインに剣を向けるのだろうかと思うと、世詩流は胸が苦しかった。

「ねえ……もし私がセインに襲い掛かったら、迷わず私を刺してね！　絶対に！」

「……わかったよ……だからもう考えるな……」

セインの言葉を聞いて、世詩流は少し安心した。

その後、世詩流は古城での出来事を話した。セインは、ブラド公が世詩流を自分のものにしようとしていることを聞き、はらわたが煮えくり返った。

しばらく経つと、周囲が明るみ始めた。明るくなった頃には、世詩流は傷の痛みを殆ど感じなくなっていた。

セインは、世詩流の傷の具合を確かめた。背中の傷は跡形もなくきれいに消えていたが胸の傷が完治するには、夕方までかかるように思われた。二人は夕方までその場を動かなかった。

夕方になり、セインは再び世詩流の傷を確かめた。思った通り、胸の傷は跡形もなく消えていた。

「よかった……これで安心だ。君の傷が治らないと城に乗り込めないからね……。今夜はよく眠って明日に備えるとしよう」

「ええ、そうね……」

その直後、世詩流の体に異変が起きた。

世詩流の傷が完治するのを待っていたのは、セインと世詩流だけではなかった。ブラド公もその一人だった。ブラド公は、世詩流の傷が完治したと同時にセインを殺すように催眠術をかけていたのだ。

世詩流の頭の中でブラド公の言葉が響いた。

〝殺せ！　奴を殺せ！　殺すのだ世詩流……〟

その途端、世詩流は自分の体が自分のものでなくなっていくような感覚に襲われた。

「セイン！　私から離れて！」

世詩流は最後の力を振り絞り、セインから咄嗟に離れた。その直後、世詩流の体は世詩流の意思では動かせなくなっていた。体は勝手に動き出し、いつの間にか世詩流の手には剣が握られていた。

――世詩流が言っていた催眠術か⁉――

セインは戸惑った。

世詩流の目は真っ赤に変わり、殺意に満ちていた。世詩流は剣を構え、セインに向かって振り下ろした。その時、シルバーが世詩流を止めようと剣に食らいついた。

「よせシルバー！　離れるんだ！」

セインが叫んだ直後、シルバーは世詩流に振り払われた。

「シルバー、お前は手を出すな！」

セインは剣を出し握り締めた。世詩流は再びセインに剣を向けた。

「やめるんだ世詩流！　術になど負けるな！」

セインの叫ぶ声は世詩流に届いていた。殺気に満ちた目の奥に、世詩流の意識は存在していた。しかし、自分ではどうすることもできなかった。世詩流は神経を集中して、何とか口を動かし声を出した。

「セ……セイン……私を刺……して……」

世詩流の言葉に、セインは首を横に振った。

「ばかなことを言うな！　君を刺せるわけがないじゃないか！」

セインは世詩流を傷つけないように、巧みに世詩流の剣を振り払い続けた。

剣と剣がぶつかり合う音が、長時間森の中に響き渡った。世詩流は攻撃の手を緩めることなく、何度もセインに向かって行った。

――セイン、早く私を刺して……私にあなたを殺させないで……――

世詩流は心の中で何度も叫んだ。

空にはすでに月が出ていた。その月の光に照らされ、何かがキラキラとセインの目の前に飛び散った。二人が近づいた時、それが何なのかセインにはわかった。それは世詩流の涙だった。

セインは、涙を流しながら攻撃する世詩流の姿を見て胸が痛んだ。

――何とかすると言った結果がこのざまだ……―― セインは自分を責めた。セインは、早く世詩流を苦しみから救おうと術を解く方法を考えた。

――やはり、これしかない！――

セインは世詩流の剣の前に飛び出した。鈍い音がした瞬間、世詩流にかけられていた術が解かれ、目の色も元に戻った。それと同時に、セインが地面に倒れた。

自分の体の感覚を取り戻した世詩流は、すぐさま倒れているセインの上半身を抱き起こした。すると、世詩流の剣はセインの胸に深々と突き刺さっていた。

「ああ……私……なんてことを……。セイン死なないで！　お願いだから死なないで！　……セイン……セイン……。私を一人にしないで……」

世詩流は泣き叫び、セインの体を抱き締めた。

「世詩流……元に……戻ったんだね……。よかった……。心臓は外したから……大丈夫だよ……」

セインは苦しそうな息遣いでそう言うと、胸に刺さっている世詩流の剣を一気に引き抜いた。セインは激痛のあまり顔を歪め叫んだ。傷口から多量の血が噴き出し、慌てて世詩流は傷口を押さえた。

自分の為に傷ついたセインを目の前にして、世詩流はブラド公に対して狂わんばかりの憎しみが込み上げた。

——許さない！　私の手で倒してやる！——

世詩流はセインを地面に寝かせ、自分の剣とセインの剣を拾った。

「セイン……あなたの剣を借りるわね！」

世詩流はセインを見つめた。世詩流の目は再び真っ赤に変わっていた。セインは、世詩流がこれから行おうとしていることに気づいた。

「ま、まさか……。やめろ！　やめるんだ！」

セインは叫んだ。

「セイン……あなただけは生き延びて……。愛してるわ」

世詩流は首から十字架のネックレスを外した。

「セイン、あなたに私の十字架を……。もう一つは私が……」

世詩流はセインの首に自分の十字架を掛けた。そして自分の首には母の十字架を掛けた。世詩流はセインを抱き締めキスをすると、二本の剣を持って歩きだした。

「世詩流！　行くんじゃない！　シルバー、世詩流を止めるんだ！」

セインが叫んだ直後、世詩流は振り向いた。

「だめよシルバー！　あなたはセインを守るのよ！　セイン……私を止めても無駄よ。これは私の宿命なの……。それに、神の剣は私にしか扱えないの……」

世詩流は再び古城に向かって歩きだした。

「世詩流ー！　行くなー！」

セインの叫び声に、再び世詩流が振り返ることはなかった。

――許さない……許さない――

世詩流の心を殺意と憎悪が支配した。

森を出た直後からなま暖かい風が吹き始め、古城に着いた時には、すでに雷鳴が轟き、稲妻が閃いていた。扉の前に立った世詩流は、持っていた二本の剣を合わせた。一つになった剣は金色に輝き、力強い光を放った。

――私に力を与えて……ブラドを倒す力を……――

世詩流は剣を見つめ祈った。すると、剣の光が手を伝って世詩流の体を包み込み、世詩流の体は力強い光を放った。それと同時に、赤かった世詩流の目が金色に変化し、そして金色の長い髪がまるで意思を持ったように動き出した。

世詩流は扉を蹴破り、城の中へ進んだ。すると、階段の踊り場にはすでに新しい鏡がはめ込んであった。鏡の前に立った世詩流は、大きく深呼吸をして中に入って行った。鏡を通り抜けると、薄暗い階段が下へと続いていた。階段は右へ左へと分かれていたが、ブラド公の気配を辿って行くと、難なくブラド公がいる部屋の扉の前に辿り着いた。

――この先に奴がいる……――

世詩流は扉を開けた。開けた瞬間、血と腐臭が混ざったような何とも言えない臭いが、世詩流の鼻をついた。警戒しながら部屋の中を進むと、奥の暗がりからブラド公の声が聞こえてきた。

「やはり来たか……。では、奴は死んだというわけか」

「………」

「クックックッ……愛するお前に殺されれば、奴も本望であっただろう……。それで、お前は私のものになる為に来たのか？　……それとも私を倒しに来たのか？　返答次第では、お前を殺さねばならないが……」

ブラド公はそう言いながら、暗がりの中からゆっくりと姿を現した。世詩流に近づくと、五メートル程離れた位置で立ち止まった。暗がりから姿を現したのはブラド公だけではなかった。多数のバンパイア達がブラド公の周りを囲んでいた。その中には、夢の中で世詩流を襲った夢魔の姿もあった。

「私がお前のものになる為に、ここまで来たとでも思ったの!? 私は最初からお前を倒す為にこの城に来たのよ！ それに、ご期待に添えなくて悪いけど、セインは死んではいないわ！死ぬのはお前よ！」

世詩流はブラド公をにらみつけると、剣を構えた。

「そうか……それは残念なことだ。では、次の手を打たねばなるまい」

ブラド公はニヤリと不気味な笑みを浮かべた。すると、ブラド公の周りにいたバンパイア達が一瞬のうちに世詩流を囲み、牙を剥き出した口から涎《よだれ》を滴《した》らせた。

「世詩流、この多勢をどう相手にするつもりだ!? ……さあ、存分に血を吸って渇ききった喉を潤すがいい！」

そう言うと、ブラド公は壁際へ後退した。世詩流は周りのバンパイアに目をやると、薄笑いを浮かべて剣を下ろした。その直後、背後にいたバンパイアが世詩流に跳びかかった。しかし、世詩流の体に触れる寸前、波打つ髪に弾き飛ばされた。すると、数匹のバンパイアは目配せをして一気に世詩流の首や手足に噛みつき、音を立てて血を吸い始めた。

「バカね……」

世詩流が冷笑した直後、血を吸っていたバンパイア達は一瞬にして灰となり飛び散った。そのさまに驚いたバンパイア達は、後退りを始めた。世詩流は前へ進み、その間を詰めると剣を振り上げた。

「ザコに用はないわ、邪魔よ!!」

世詩流は目の前のバンパイア達に素早く剣を振り下ろすと、すかさず身を躱してブラド公に向かって進んだ。その直後、世詩流の背後に暗黒の空間が口を開き、バンパイア達は悲鳴とともに次々と吸い込まれていった。

世詩流はブラド公の目前で立ち止まり、再び剣を構えた。

「そ、その剣はもしや……破滅の剣!?　なぜお前がその剣を手にしている!」

ブラド公は驚愕の目を見開くと、背後の壁にへばりついた。

「それは私が神の子だから……。私はお前を倒す為に、バンパイアの力を持つ神の子として生み出され、そしてこの剣を授けられたのよ!」

世詩流は剣先をブラド公の心臓に向けた。その直後、ブラド公は背後の壁を一瞬のうちに回転させ、壁の向こうへ姿を消した。

——しまった！　この先に抜け道が……——

世詩流は急いで後を追った。

壁を回転させ、壁の向こうへ入った瞬間、世詩流は愕然とした。そこは抜け道ではなく、目の前には壮大な宇宙が広がっていた。もちろん足下《そっか》には床どころか、壁、天井さえもなかった。

突然、世詩流は体のバランスを失い、恰も宇宙遊泳のごとく彷徨い始めた。

——これはきっと幻影よ……——

世詩流は周囲を見渡した。ブラド公の気配はあるものの、周りの光景に溶け込んでいるのか姿は見えなかった。すると突然、宙に半透明のブラド公の首から上の部分が現れた。それはゆらゆらと世詩流に近づくと、世詩流の目前に顔を近づけニヤリと微笑んだ。

「私が死なぬ限り、この世界から逃れることはできない……。お前はここで死ぬのだ！」

そう言うと、再び周囲に溶け込むように消え失せた。

世詩流が振り返ると、この空間の入口は消えていた。世詩流にとって、足元も定まらないこの状況下で戦うには不利だった。再びブラド公の気配が近づいてくるのを感じた途端、世詩流は背後から斬りつけられた。咄嗟に躱しはしたものの、地上での戦いとは比にならないほど動作が遅く、世詩流は背中に傷を負った。

クックックックッ……。ブラド公の笑い声が世詩流の耳に響いた。

斬りつけられるたび、世詩流は姿なきブラド公に向かって剣を振り下ろした。それは、あちらこちらで暗黒の空間の口を作り出していた。そのどれもが開きだし、世詩流の周囲は引力による暴風が吹き荒れた。

――私はまだ死ぬわけにはいかない……。敵を取るって誓ったのよ！――

世詩流は目を瞑り剣を下げると、神経を集中させてブラド公の気配を探った。視覚を遮ったことで、ブラド公の気配は手に取るように感じられた。

「世詩流、私に太刀打ちできないことを自覚し、諦めたというわけか……。では、一気に心臓を貫いてやろう！」

ブラド公の声が響いた。しかし、世詩流は棒立ちのまま微動だにしなかった。すると、ブラド公の気配は世詩流の背後に回った。

――やはり……背後から心臓を貫くつもりだ……――

ブラド公がすぐ後ろに近づいた瞬間、世詩流は勢いよく上半身をひねり、振り向きざまに宙を斬った。すると線が現れ、暗黒の空間が広がりだした。それと同時に、徐々にブラド公の体が現れた。暗黒の空間はブラド公の胸に開いていた。

「……そんなバカなことが……」

ブラド公の体は、暗黒の空間へと吸い込まれ始めた。

「お前は、もう終わりよ！」

世詩流はブラド公が吸い込まれて行くさまを冷静な目で見つめた。

「私の……体が……ギャアァァー！」

断末魔の叫び声とともに、ブラド公の体は吸い込まれ消え去った。すると、幻影も一瞬のうちに消えた。

——終わった……——

世詩流は呆然とその場に立ち竦んだ。その直後、凄まじい引力が世詩流の体を引き寄せた。次の瞬間、世詩流の体は床を離れ空中に浮かんだ。

——さよなら……セイン……——

吸い込まれると感じた瞬間、世詩流は誰かに手を掴まれた。見ると、それはセインだった。セインは血まみれの手で、世詩流の手を必死で掴んでいた。しかし、すでに世詩流の体は床と平行に浮かんでいた。

「セイン！　……そんな体で……なんて無茶なことをするの！　……早く手を離して！　あなたまで吸い込まれる……早く！」

「ばかなことを言うな！　死んでもこの手を離すものか！　どこまでも二人は一緒だ！　く

そっ！　何て強い引力なんだ！」

セインは歯を食いしばった。

「手を離して！　その瞬間に剣を分ければ、助かるかもしれない！　もし失敗したとしても、吸い込まれた時に分ければあなただけでも助かるわ！　早く!!　躊躇《ちゅうちょ》している時間はないのよ！」

世詩流はセインの手を離そうとした。

「ダメだ！　危険すぎる！」

セインが叫んだ直後、バラバラに開いていた暗黒の空間がすべて繋がった。巨大な口を開けた暗黒の空間は、途轍《とてつ》もなく強力な引力で二人の体を一気に引き寄せた。その途端、世詩流の手から剣が離れ、一瞬のうちに暗黒の闇へと消えて行った。

「剣が！　……ああ私は何てことを……世界は終わりよ！　消滅してしまう……」

世詩流は絶望した。

壁の角を掴んでいたセインの指が限界に達した。二人は手を握ったまま暗黒の空間へと一気に吸い込まれた。薄れゆく意識の中で、セインは世詩流の体を引き寄せた。そして、決して離さないように力の限り抱き締めた。世詩流の霞む目に、引き込まれた口が遠のいていくのが見えた。二人は暗黒の中心へ超高速で引き寄せられていた。突然、二人の首に掛けていた十字架が光った。温かい何かに包まれたように感じた直後、二人は意識を失った。

どれほどの時間が経っただろうか。何かが顔に触れるのを感じ、世詩流は目を開けた。すると、シルバーが世詩流の顔を舐めていた。

「シルバー……？」

世詩流は自分が地面に倒れていることに気づいた。周囲の明るさからして、倒れている場所が暗黒の空間でないことだけは確かだった。見ると、世詩流はセインの腕に抱き締められていた。気を失ってもセインは世詩流を離さなかった。そんなセインの深い愛に、世詩流は涙が溢れた。

「セイン！　目を開けて！　私達、助かったのよ！　セイン！」

世詩流の叫び声に、セインは静かに目を開けた。セインは世詩流の顔を見て我が目を疑った。

「世詩流……僕達は生きているのか!?」

「そうよ！　助かったのよ！」

二人は地面に横たわったまま抱き合った。

しばらくして二人は立ち上がり、そして周囲を確かめた。二人が立っていたのは、古城があった場所だった。古城は地面から抉《えぐ》り取られたかのように、跡形もなく消え失せていた。

「古城もあの空間に吸い込まれたのね……。でも、どうして私達は助かったの？　……何かに包まれたように感じたけど……」

　世詩流は不思議でならなかった。

「神の仕業《しわざ》か……それとも、君を守りたいと思うみんなの魂が二人を助けてくれたのかもしれない……」

　セインはそう言うと、世詩流を見つめた。二人が立っている近くの地面に、二本の剣が刺さっていた。二人は剣を引き抜き、手の中に収めた。

　空を見上げると、太陽が頭上の位置にあった。二人は、自分達が半日以上も意識を失っていたことに気づいた。

「世詩流……これで終わったわけじゃない。僕達の戦いは始まったばかりだ……」

　セインは世詩流の肩を抱いた。

「ええ……奴らを滅ぼすまで私達に安息の日々はないのよ……」

　二人は見つめ合った。

「さあ、戻ろう！」

　セインは世詩流をシルバーの背に抱き上げた。シルバーは風のごとく教会に向かって駆けた。

　教会に着くと、二人は来た時と同様に白い壁を抜けて洋館へ戻った。

　洋館へ戻った二人は、すぐさま浴室で体にこびりついていた血を洗い流した。その時にはセインの胸の傷も世詩流の背中の傷も、跡形もなく消えていた。シャワーを終えた世詩流は、バスローブを着て部屋へ戻った。

「パパ、ママ、勇……みんなの敵は取ったわよ……」

世詩流は写真を見つめて呟いた。

報告を済ませた世詩流は、ベッドへ倒れこんだ。

――疲れた……本当に……――

世詩流は目を瞑った。

長い間、気持ちが張り詰めていたせいだろうか、世詩流はなかなか眠ることができなかった。すると、今までの出来事が次々と思い出された。セインとの出会い、文化祭、父、母、勇の死、そして宿敵ブラド公……それらすべてが、世詩流の胸を詰まらせた。世詩流は溢れる涙を止めることができなかった。

突然セインがドアを開け、部屋へ入って来た。世詩流は慌てて布団を頭まで被った。

セインはゆっくり世詩流に近づくと、ベッドに腰を下ろした。

「世詩流……君の切ない泣き声が、隣の僕の部屋まで聞こえてきたよ……」

優しい声でセインは世詩流に話しかけた。

「うそ！　私、声なんて出してないもの！」

世詩流は思わず布団をはねのけた。すると、目の前でセインが微笑んでいた。セインは世詩流を抱き上げると部屋を出た。

「何!?　……どこに連れて行くつもり!?」

世詩流は慌てた。

「泣き虫の子供を寝かしつけるのさ!」

セインは世詩流を抱いて自分の部屋へ戻った。世詩流をベッドへ下ろすと、セインもその横へ横たわった。

「世詩流……なぜ僕のベッドがダブルベッドなのかわかるかい?　ここは、君と僕のベッドだからだよ……」

そう言うと、セインはいとおしむように世詩流を抱き締めた。その途端、世詩流は何とも言えない安堵感に包まれた。

明日になれば、ハンターとしての苛酷な日々が再び始まることを、二人は重々承知していた。だから、せめてこの時間《とき》だけでもそのことを忘れ、ゆっくり眠りたかった。

セインと世詩流は互いの温もりを感じ、生きていられた喜びを確かめ合った。

――この先何が起ころうとも、決して離れない……――

二人はそう心に誓った。

あとがき

平成十四年六月の新聞紙面に、文芸社の「あなたの原稿を出版します」という大きな文字が掲載されていた。

その大きな文字を見た瞬間、私は突然「書きたい」という衝動に駆られた。なぜそんな気持ちになったのか、自分でもわからなかった。ただ、はっきりしていることは、「あなたの原稿を出版します」という文字を見た瞬間、私の奥底に眠っていた『空想するのが大好きな、もう一人の私』が、呼び起こされたということだった。

もう一人の私は、「早く書きたい」と私を急き立てた。しかし、結婚してから全くと言っていいほど本を読んでいない私にとって、文章にすることは容易《たやす》いものではなかった。

まず、小学四年生の娘に「かぎ括弧の次の行は、一つ下げて書くんだっけ?」と、聞くことから執筆が始まった。それからは、自己流で筆を進めた。

七月から書き始めて、八月の中旬頃には百八十枚の下書きができていた。それを清書した九月末には、二百三十八枚という原稿数に仕上がっていた。

執筆していた三カ月間、私は楽しくて仕方がなかった。次はどういう展開にしようかと考えるたび、私の胸は高鳴り、そして踊った。それはまるで、恋に胸をときめかせていた、あの十代の頃のようだった。

私は、執筆を通して書くということがどんなに楽しいことなのかを初めて知った。おかげで、自分が本当にやりたかったことを見つけることができた。

私が原稿を仕上げることができたのは、夫の協力があったおかげだった。夫は、毎日の残業と少ない休日で疲れきっていたにもかかわらず、休日になると必ず子供達を遊びに連れ出してくれた。それは、私が執筆に集中できるようにとの配慮だった。夫は、本当に子供達の面倒をよく見てくれた。その結果、原稿が仕上がる頃には、子供達はすっかり「お父さん子」になっていた。

出版しようかどうか迷っていた時「がんばれよ」と、夫は私の背中を押してくれた。そんな優しい夫に、私は本当に感謝している。

最後に、私に本を出版するという機会を与えていただいた文芸社の方々、本当にありがとう。私の人生を張り合いのある人生へと変えてくれた文芸社に、私は感謝している。

そして、この本を買っていただいた方にも「ありがとうございます」と感謝の意を表したい。

そして最後に、私の為に一番がんばってくれた優しい夫に……、「ありがとう」。

平成十四年十二月

星野未来

著者プロフィール

星野　未来（ほしの　みらい）

1964年、兵庫県出身。
県立高校卒業後、地元の企業に勤め、24歳で結婚。
現在、二児の母として主婦業に専念するかたわら、執筆活動を開始。

バンパイアハンター世詩流

2003年4月15日　初版第1刷発行

著　者　星野 未来
発行者　瓜谷 綱延
発行所　株式会社文芸社
〒160-0022 東京都新宿区新宿1－10－1
電話 03-5369-3060（編集）
03-5369-2299（販売）
振替 00190-8-728265

印刷所　図書印刷株式会社

ISBN4-8355-5488-4 C0093